LES
OEVVRES
DE DOM FRANCISCO
DE QVEVEDO VILLEGAS,
Caualier Espagnol.

CONTENANT

Le Coureur de Nuit, ou l'Auenturier Nocturne.
Buscon, Histoire facecieuse.
Les Lettres du Cheualier de l'Espargne.

LES VISIONS.

De l'Algouazil Demoniaque,
De la Mort.
Du iugement final.
Des foux amoureux.
Du Monde en son interieur.
De l'Enfer.
Et
L'Enfer Reformé.

A ROVEN,
Chez IACQVES BESONGNE,
dans la Cour du Palais.

M. DC. LV.

A
MONSEIGNEVR
LE MARQVIS
DE GOVRDON,
CAPITAINE EN CHEF
de cent hommes d'armes
Escossois , entretenus
pour le seruice de Sa
Majesté.

ONSEIGNEVR,

Quoy que ie sois peu considerable dans le monde , ie ne suis pas toutefois hors

ã 3

EPISTRE.

d'esperance que vous pardonnerez, s'il
vous plaist, à la hardiesse que ie prends
d'adresser ce Liure à vne personne de vostre naissance & de vostre merite. Que
si les loüanges de vos illustres Predeces-
seurs estoient aussi seantes en ma bouche, qu'en celle de ces excellens hommes
qui les ont écrites: ie monstrerois, MON-
SEIGNEUR, que vous n'en meritez
pas de moindres qu'eux, pour auoir non
seulement herité de leur ancienne Noblesse, mais de ces hautes Vertus, qui
les rendent si fameux, & qui les font
admirer dans l'Histoire. Ie dirois
qu'au temps de Charlemagne le Duc
de Gourdon, son grand Connestable, estant
enuoyé en France, par l'ordre d'vn si
puissant Empereur, pour y combattre
les Bretons, les defit entierement, & em-
mena prisonniers les principaux de cette
Prouince : ie dirois que sous le regne
de Henry troisiesme Roy d'Angle-

EPISTRE.

terre, les armes tomberent des mains des
rebelles du pays de Uuales, aux premieres approches que fit d'eux *Adam
Gordon*, lors Gouuerneur du Chasteau de
Mumbered, & l'vn des plus renommez
Capitaines de son temps : Ie dirois enfin
que ce fut luy mesme qui à la teste de deux
armées, dont il en conduisoit l'vne, eut
l'honneur de se battre en duël contre *E-
doüart* premier Roy d'Angleterre, qui
commandoit l'autre, n'estant alors que
Prince de Galles : & apres la deffaite
de ceux de son party, les preuues
que ce braue Cheualier luy donna
de sa Valeur, l'inciterent à le retenir à son seruice auec des conditions
tres-auantageuses. Mais il n'est pas
besoin, *MONSEIGNEVR*,
que i'aille chercher en eux de quoy
vous loüer, puisque vos Actions
glorieuses nous font remarquer, qu'estant
descendu de ces immortels Heros, vous

ã 3

possedez par droit de naissance toutes les
qualitez qu'ils ont euës. Ceux qui vous
voyent les armes à la main, pour le seruice du plus iuste & du plus vaillant
Roy de la terre, croyent aussi-tost voir
en vous tout ce que les liures leur appren-
nent des faits memorables de vos vertueux Ancestres. Vous estes comme
eux, plein d'Honneur, de Generosité, de
Cœur & d'Esprit : Et comme eux encore, aux exercices de la guerre vous sçauez joindre parfaitement ceux de la
Paix, & les diuertissemens de l'Estude.
En voicy vn dans ce Liure, qui pour
estre de cette nature, & mis en vne langue
qui ne vous est pas moins naturelle que la
vostre, se promet de né vous estre pas desagreable. Celuy qui me l'a baillé pour en
faire part au public, a raison de n'y
mettre pas son nom, sçachant bien que
le vostre doit donner assez de lustre à cet
Ouurage. Aussi est-il la plus glorieuse

EPISTRE.

marque de son estime, comme le plus grand bon-heur que ie puisse auoir en vous l'offrant, est celuy d'estre auoüé,

MONSEIGNEVR,

Vostre tres-humble & tres-obeyssant seruiteur,
A LAZERET.

LE
COVREVR
DE NVICT,
OV
L'AVENTVRIER
NOCTVRNE.

L n'est pas besoin d'inuoquer icy l'assistance d'Apollon, puisque ie décris la vie d'vn Aventurier nocturne, à qui la clarté estoit autant odieuse, qu'elle est agreable à tous les autres hommes: & si ie deuois reclamer le secours de quelque Deïté, il me faudroit recourir à Diane, comme celle qui preside sur les ombres de la nuict: Mais puisqu'il n'y a point de tenebres si obscures, qui ne soient tousiours meslées de quelque lueur, dont le Soleil est l'origine, ie lairray-là les

A

tune. Elle prit soin de luy dés le berceau, à peine
auoit-il seize ans, quand il se vid pourueu de
plusieurs benefices Ecclesiastiques, qui l'obligeoient de resider à Tolede, agreable obli-
gation d'estre tenu de demeurer en vn sejour si
delicieux. Il fut retenu quatre ans dans cette contrainte ; mais quand il en eut vingt accomplis,
ny son propre denoir, ny les charmes diuers de
cette belle ville, capables d'enchainer les plus
beaux esprits, n'eurent point de pouuoir sur le
sien : son naturel n'aimoit qu'à courre, tantost
deçà, tantost delà ; de façon que pour contenter ses vagabondes inclinations, il donna ses benefices, se reseruant toutesfois de bonnes pensions, lesquelles jointes auec le bien de son pa-
trimoine, luy faisoient six à sept mil liures de
rente par an.

Il quitta donc Tolede pour se faire bourgeois
de Madrid, la ville où reside ordinairement la
Cour d'Espagne. Il choisit le quartier qu'il trouua le plus conuenable à son caprice, qui fut vn
endroit sombre & écarté du commerce du peuple, où il achepta vne maison, contenant deux
corps de logis : Il en prit vn pour sa demeure,
& l'accommoda selon sa fantasie extrauagante, & laissa l'autre basty comme il l'auoit trouué, mais il le meubla assez-proprement, pour
receuoir quelquefois ses amis, selon que l'occasion s'en presenteroit. L'apartement qu'il se re-
serua fut façonné d'vne bizarre maniere : il en fit
abatre les plus hauts estages, & le rendit beaucoup plus bas que les maisons voisines, afin
qu'elles luy seruissent de rempart contre le So-

Icil qu'il hayssoit mortellement, & tout ce qui
dépendoit de luy : Et pour tesmoigner son inimitié, il ne se contenta pas seulement d'auoir, en
dépit de luy, coupé la teste à sa maison ; il luy
creua encor les yeux ; il fit boucher toutes les
fenestres par où la simple lueur du iour pouuoit
entrer, & n'y laissa que certaines petites lucar-
nes, qui se fermoient toutesfois auec des gui-
chets extrémement espais : Les murailles estoient
toutes tapissées de reuesche noire, comme con-
damnées par son decret, à porter vn deüil perpetuel ; en fin c'estoit plustost vn sepulchre pour
les morts, qu'vne maison pour les viuans. Il aimoit passionnément l'art de la Musique, prenant vn rare plaisir à chanter & reciter des vers
en touchant la guitarre : & à force de s'entretenir en cét exercice il s'estoit acquis l'honneur
de pouuoir aller du pair auec les plus experts en
celle science. Il se contentoit du bien qu'il pos-
sedoit, sans vouloir couutiser la Fortune pour
l'augmenter : Sa façon de viure, estoit toute diferente de celle des autres hommes : Du iour,
il en faisoit la nuit, & de la nuit le iour. Il ne
sortoit iamais de chez luy, qu'à l'heure que les
yeux ne pouuoient plus faire distinction des
couleurs ny des objets, & que les tenebres re-
gnoient par tout. Comme aussi dés qu'il aperceuoit la premiere blancheur de l'Aurore, il
quittoit la pourmenade & se retiroit promptement chez luy, bouchoit toutes les fentes & ou-
uertures par où les rayons du Soleil pouuoient
penetrer, puis il se couchoit dans vn lict fait à
la mode de ceux des Chartreux, comme vne

A 3

paire d'aumoire, & de plus, qui se fermoit à cou-
lisse.

Quand il alloit faire sa patroüille par les ruës,
quoy que ce fust à trauers des plus épaisses tenebres, il ne prenoit iamais d'autre escorte que son
espée, vne rondache penduë à sa ceinture, & quelquefois vne guitarre à la main, dont il entretenoit ses amoureuses resueries : Dans ses allées &
venuës, la Fortune luy fit rencontrer plusieurs
auentures qui luy succedoient tusiours assez
heureusement ; au moins n'en se toit il iamais à
sa confusion. Que s'il vous plaist, Lecteur, de
faire trefue à vos autres occupations, peut-estre
autant friuoles que celle-cy, puis que toutes les
actions humaines ne sont que vanité, ie vous en
raconteray des choses, qui ne vous seront pas
desagreables ; au contraire, fort diuertissantes &
recreatiues ; Escoutez ie commence.

ADVENTVRE
premiere.

V milieu de l'hyuer, & du mois de Ianuier, en vne faiſon que les nuits ſont beaucoup plus longues que les iours, & que la rigueur du froid, eſt capable de faire trembler les hommes de plus chaude complexion, quand ils ſe trouuent à découuert & à l'air : Don Diego Lucifugue, prit fantaſie de ſortir de ſon logis, enuiron les vnze heures de nuict, & d'aller rauder par les ruës de Madrid, touchant quelques chaconnes & ſarabandes, s'arreſtant par boutades & interualles de temps, pour marier ſa voix auec l'harmonie de ſon inſtrument : Il n'eſtoit pas encore beaucoup loin de ſa maiſon, quand il ſe mit en poſture de chanter deuant les feneſtres d'vne certaine Dame, mais, ſe ſouuenant qu'il luy auoit deſia donné pluſieurs ſerenades, il iugea que les malicieux eſprits, pourroient interpreter ſes innocentes intentions à mauuaiſe fin, & intereſſer quant & quant la reputation de la perſonne qu'il honoroit : Craignant donc que ſa muſique ne ſeruiſt pluſtoſt à la diffamer qu'à la loüer, il paſſe outre, cheminant auſſi lentement, que fait celuy qui s'éloigne de quelque

lieu contre fon gré ; il alloit de ruë en ruë, non
à autre deffein que pour faire exercice, & fe diuertir en chantant & touchant fa guitarre, quand
fon caprice le prenoit. Ayant trauerfé vne bonne partie de la ville de Madrid , & à l'heure
que les cloches des Monafteres acheuoient de
founer les derniers coups de Matines, il fe trouue dans vn quartier qu'il n'auoit point encore
frequenté : Il l'euft pris pour la vraye demeure
du filence , fans vn maftin fur lequel il penfa
marcher, qui fe mit à gronder contre luy : En
mefme temps il oüit ouurir vne fenéftre , &
vne perfonne qui luy fit, ft ft , comme en le
conuiant d'approcher : Luy qui auoit le cœur
doux comme miel , s'arrefte tout court & ou-
urant les oreilles , entend ces paroles baffe-
ment proferées. Si c'eft vous qui fortiftes hi r
de ceans , auec tant de tefmoignages d'y auoir
receu du contentement , pourquoy venez-vous
fi tard ? Don Diego Lucifugue demeure vn peu
furpris fur cefte queftion : neantmoins fe laiffant
vaincre à fa naturelle curiofité , refpondit au
mefme ton ; c'eft moy-mefme, ouurez, ouurez,
& ie vous fatisferay. A peine eut il parlé, quand
il oüyt ouurir la porte de la ruë, & quelqu'vn
qui luy dit, entrez tout bellement. Il obeyt fur
le champ, fans prendre garde aux inconueniens
qui luy en pouuoient arriuer , fe perfuadant
qu'il faloit hazarder quelque chofe, pour iouyr
d'vne bonne fortune , comme il penfoit en a-
uoir fait rencontre. En mefme inftant on l'em-
meine par la main, & apres luy auoit fait paffer plufieurs portes, au lieu des embraffemens

amoureux qu'il esperoit, il se sent embrasser par
derriere en trahison: on luy prend ses armes, &
le meine-t'on dans vne sale, où il y auoit deux
chandelles allumées sur la table. Alors il se void
entre les mains de quatre ieunes hommes forts
& robustes, & dont les regards le menaçoient
d'vn mauuais traitement. Il iette les yeux par
tout autour de luy, & void vn vieillard d'vn venerable aspect, lequel auec vne voix poussée de
colere, & s'adressant à ceux qui tenoient Don
Diego ; Pourquoy (leur dit il) me l'auez-vous
amené vif ? que ne l'auez-vous estranglé en entrant ? Puis regardant le prisonnier ; Barbare,
dit-il ie ne sçaurois croire que tu sois issu de noble sang : Affronteur, en quoy est-ce que ceste
vieillesse tremblante a pu t'offenser, pour luy
rauir l'honneur sur le seüil du sepulchre, là où
les plus infames desirent arriuer sans honte &
sans reproche ? Si tu auois quelque sujet de te
venger de moy, que ne l'as tu fait sur ce peu de
vie qui s'en va finir, & non pas sur ma renom-
mée, qui doit estre perdurable ? mais tu me voulois traiter plus cruellement que n'auoit fait vn
bourreau, en m'ostant deux vies tout d'vn coup:
Tu sçauois bien qu'en frapant sur ma reputation, tu m'entamois le cœur: Ta sensualité m'a
fait vne iniure si estrange & si excessiue, qu'encore que ta vie me soit immolée icy, pour la reparation de ton crime, si me seras-tu perpetuelle-
ment redeuable, & ta mort seruira plustost d'e-
xemple pour autruy que de satisfaction pour
moy : Sus, sus, qu'on me l'aille esgorger, & qu'on
luy arrache le cœur, pour luy ietter contre la fa-

ce comme à vn traiftre. Toutefois, auant qu'il
forte d'icy, appellez-moy cefte infenfée, afin que
l'on fafe des épouzailles & des funerailles tout
enfemble.

Comme ce vieillard reprenoit haleine en a-
cheuant ce dernier mot, voicy entrer vne Dame,
dont les yeux & le refte du vifage, eftoient fi
remplis d'attraits & de graces, qu'en mefme
Inftant que Don Lucifugue l'eut apperceuë, il
effaça de fon ame, les triftes images de la mort,
que le rigoureux decret du vieillard y auoit dé-
peintes, pour faire place à la Joye qu'il receuoit
d'vn objet fi delectable. Cette Dame d'autre cofté, voyant cét inconnu entre les mains de fes
freres, fut fi furprife & fi efmeuë, que le fang
qui luy monta foudain au vifage, adjoufta beaucoup de luftre & d'éclat à fa beauté. Son pere
& fes freres l'admiroient, & le prifonnier en
eftoit rauy. Laiffons-les vn peu dans cefte
perplexité pour vous expliquer d'où elle procce-
doit.

Vn Caualier appellé Don Federic, pour qui la
Nature & la Fortune fembloient auoir eu de l'é-
mulation, à qui luy feroit plus de faueurs ; celle-
cy l'ayant comblé de richeffes, & celle-là fait
naiftre d'vne race illuftre, animé d'vn cœur genereux, doüé de mœurs vertueufes, & orné
d'adreffe & de bonne mine. Celuy-cy, dis-je,
fe rendit paffionnément épris des perfections
de l'efprit & de la beauté de Fenice (la Dame
dont nous venons de parler) laquelle triomphant de la liberté des Caualiers les plus accomplis de la Cour, ne cheriffoit neantmoins

que la victoire qu'elle auoit sur les volontez de
Federic ; peut-estre, parce que ses yeux y a-
uoient remarqué plus de merites, ou son ame
rencontré plus de sympathie.

Ces mutuelles affections, se ménagerent a-
uec tant de secret & de discretion, que le pere &
les freres de Fenice ne s'aperceurent iamais de
leur frequentation, quelque soin qu'ils peussent
apporter à veiller sur les actions de la fille. Et
comme il est tres-mal-aisé de conseruer vn bien
qui est en possession d'vne personne qui ne
s'estudie qu'à le perdre, à l'heure qu'ils y pensoient le moins, ils se trouuerent surpris &
trompez par l'astuce de Federic : Tellement
qu'apres les artifices d'vne longue perseuerance,
accompagnée des plus specieuses apparences
d'vne sincere passion, il obtint de Fenice, sous
promesse verbale de mariage, tout ce qu'elle luy
pust donner de plus precieux. Dés l'heure qu'il
eut fait cette glorieuse conqueste, & que par ses
amoureuses richesses il eut esté si liberalement
recompensé de ses larmes & de ses souspirs, il
fit connoistre à Fenice par plusieurs signes qu'il
ne l'estimoit pas au poinct qu'il deuoit, elle luy
vid faire vn certain geste, qui luy mit vn cruël
repentir dans le sein : En fin, dans l'inquietude
que son impatience luy donnoit de se retirer a-
pres ceste action, elle y remarqua tant de froideur, qu'elle entra en doute de l'accomplisse-
ment de la foy qu'il luy auoit iurée. Quand il s'en
fut allé, elle se represente la faute qu'elle auoit
faite, & craint que Federic ne la trompe ; la
méfiance se saisit de son esprit & la jette dans vn

labyrinthe de confusions. Elle passe le reste de
la nuict & tout le iour suiuant parmy ces cruelles tempestes : Et sur le soir, comme elle vid approcher le temps que Federic deuoit reuenir,
elle se resolut, toutefois auec beaucoup de peine, de declarer à son pere & à ses freres le malheur où elle estoit tombée, afin d'en preuenir vn
plus grand ; & que si Federic vouloit violer ses
promesses & se dédire de ses paroles, ils aduisas-
ses ensemblement des moyens propres à le con-
traindre de les accomplir.

Ils n'ignoroient pas le nom ny la qualité de
Federic, mais ils ne le connoissoient pas : les
voila estonnez & irritez tout ensemble ; mais sans
consulter long temps : ny s'amuser à plaindre
leur desastre, voyant que le mal estoit extréme,
ils prennent aussi resolution d'y appliquer vn
remede extréme, & d'executer sur Federic ce
que l'erreur leur faisoit entreprendre sur l'innocent Don Lucifugue. La fortune qui se vouloit iouër de luy, l'auoit fait rencontrer sous
les fenestres de Fenice, iustement à l'heure
qu'elle estoit au guet, attendant la venuë de son
ingrat amant : son émotion, & l'obscurité de
la nuit, ne purent luy donner lieu de discerner le
vray d'auec le faux : Dès qu'elle ouyt marcher,
elle crut que c'estoit Federic, & dans cette imagination elle profera les paroles qui charme-
rent le pauure Don Diego Lucifugue, & qui l'en-
gagerent au peril où nous l'auons laissé.

Le pere & les freres de Fenice s'estoient disposez de la faire espouser à Federic de gré ou de
force ; ou bien lauer auec son sang, la tache qu'il

auoit faite à leur honneur : Mais pour manier
plus doucement l'affaire, & de peur de rendre
Fenice odieuse à Federic, ils aduiserent qu'elle
feindroit n'auoir rien reuelé de leur secret, &
qu'essayant de l'excuser & de le deliurer des
mains de ses freres, elle souftiendroit tousiours,
que ce n'estoit pas celuy qui l'estoit venu voir
la nuict precedente, pour luy donner plus d'occasion de presumer que leur intelligence auroit
esté descouuerte par l'indiscretion & l'infide-
lité d'vne seruante qui se messoit de leurs a-
mours.

Il arriua donc, que Fenice troublée de voir vn
inconnu, pris au piege qu'elle pensoit auoir tendu pour Federic, vsa d'vne simple naïfueté au
lieu de l'artifice concerté. Mes freres, dit-elle,
vous vous mesprenez; cét homme cy que vous
traitez si mal, & à qui vous faites vn si grand affront, ne tient rien de celuy que vous pensez tenir; Ce n'est pas Federic. Ha Dieu voicy vn prodigieux scandale en suitte d'vn estrange malheur! Ie confesse de n'estre excessiuement ou-
bliée la nuict passée, & d'auoir fait vne extréme
injure à vostre reputation; mais à present nostre
opprobre sera diuulgué par tout, puisque nous
en auons donné connoissance à cét homme qui ne
s'empeschera iamais de le publier.

Les freres escoutoient ces paroles auec estonnement; ô qu'elle dissimule bien! disoient-ils
tout bas l'vn à l'autre; il semble qu'elle die la verité. Elle voyant la double erreur où estoient les
freres, s'efforçoit de les desabuser, à force de
sermens & de protestations, si bien qu'à la fin ils

furent contrains de se regarder l'vn l'autre sans
dire mot, ne sçachans démessler cét intrique. Don
Lucifugue d'autre costé, confirmoit les paroles
de Fenice, disant qu'on le prenoit pour vn autre;
que iamais il n'auoit approché leur maison que
ceste fois là: qu'il s'appelloit tel; qu'il estoit de
condition Ecclesiastique, & par consequent in-
capable de mariage; & là dessus, il tira de sa po-
chette quelques missiues & autres papiers, qui
autoriserent la verité de ses paroles. Le vieillard,
pere de Fenice, voyant l'erreur qu'ils auoient
commise, tesmoigna de grands sentimens de couroux contre sa fille, comme estant la cause de tous
ces malheureux accidens.

En ces entresaites, Lucifugue commença à res-
pirer, iugeant qu'il pourroit esperer vne entière
liberté: Mais la Fortune, qui vouloit exercer
son courage parmy les assauts de la peur, luy mit
encore de plus grandes frayeurs dans l'esprit.
Les freres de Fenice faschez de se voir ainsi abu-
sez & de ce que cét inconnu auoit pris connoissance de leur infamie, tindrent conseil pour essayer d'y apporter quelque remede; Et parce que
ils deuisoyent assez prés de Don Diego Lucifugue, il ouyt qu'ils parloit de le tuër; la proposition en fut faite par l'aisné, & approuuée par
les autres. Nous sommes infortunez en toutes
choses, dit-il, nous auons declaré nostre deshonneur deuant celuy-cy, qui le publiera par tout
dés qu'il sera iour, pour se vanger de l'affront
que nous luy auons fait: passons outre, sortons-
le de ceans; & tandis qu'il est nuit menons-le
en ces quartiers destournez qui sont prés des

rempars de la ville, & luy faifons trouuer l'iffuë
de la vie à l'entrée de quelque maifon de def-
bauche, on ne fçaura point qui aura fait le coup,
& par ainfi nous nous garentirons du mefpris du
monde que noftre maifon pourroit encourir. Cefte cruelle confpiration fut vn peu conteftée; mais
en fin ils y confentirent tous quatre.

Cependant Lucifugue ne difoit mot, efpe-
rant que s'ils le mettoient hors de leur maifon
fans le tenir attaché, il trouueroit bien fon falut en fes pieds en fuyant, ou en fes mains en fe
deffendant : Mais ce projet eftant venu à la connoiffance du bon vieillard, qui luy fut découuert
par le moins fanguinaire des confpirateurs, il
s'aproche de Lucifugue, & mettant l'efpée à la
main : Caualier, luy dit-il tout tremblottant, i'ay
plus de confiãce en voftre difcretion, que mes enfans n'en fçauroient prendre en voftre mort : Allez à la garde de Dieu, ne craignez point que l'on
vous face plus de mal que celuy que vous auez receu, ie vous en demande pardon, & vous fuplie de
tout mon cœur, d'auoir compaffion de ma iufte
douleur, & que l'infamie de ma race demeure en-
feuelie dans le fecret & le filence de voftre genereux courage.

Difant cela, il luy fit prendre fon efpée & fa
guitarre qu'on luy auoit ofté en entrant, & le
conduifant fans bruit à la porte de la ruë, luy offrit de le faire accompagner où il defireroit aller. Lucifugue le remercia, & luy promit que iamais il ne reueleroit à perfonne le malheur qui
eftoit aduenu chés luy. Se voyant efchapé d'vn
fi grand peril, il fit vœu d'eftre defermais moins

curieux, & de n'entrer plus en lieu qui luy fut
inconnu : toutesfois il ne tint pas cette promesse ; quand on est sorty d'vn bourbier, on ne
s'en souuient plus deux iours apres. Il prend le
chemin de son logis ; mais parce qu'il luy restoit
encore de l'émotion dans l'esprit des frayeurs
qu'il auoit eües, il la voulut apaiser par la vertu
de la musique ; & apres auoir touché quelques
discordans accords sur sa guitarre, parce qu'il se
fait autant de dissonnances sur cét instrument, que
de consonnances, il y adjousta le chant de sa voix
auec ces vers.

Dés que l'Aurore au teint vermeil,
Quitte les ombres du sommeil,
De fleurs & d'odeurs couronnée,
Phœbus suit sa blanche clarté,
Et recommence sa iournée
Pour admirer vostre beauté.

Les Astres qui brillent aux Cieux
Enuient l'éclat de vos yeux,
C'est l'Orient que leur presence ;
Mais quoy ! le cruel accident
Qui me dérobe leur presence
M'est vn éternel Occident.

La plus claire étoile s'éteint
Aupres des lis de vostre teint,
Et les plus luisantes planettes

Couurent leur face de pudeur ,
Voyant que par tout où vous estes
On se mocque de leur splendeur.

Le Soleil dit à Iupiter ,
Que vos yeux se peuuent vanter
D'estre les Soleils de la terre ;
Que leur pouuoir au sien égal ,
Dedans les mines qu'elle en serre ,
Fait naistre le riche metal.

Le Ciel de tout estre Moteur ,
Qui fut de vos beautez auteur ,
Se rauit voyant son ouurage ;
Mais la lune , par desespoir ,
Couure le blanc de son visage ,
Sous vn voile de crespe noir.

L'œiller de sa couleur ialoux ,
Pálit de honte & de couroux ,
Quand il regarde vôtre bouche ,
Et le lis rougit de l'affront
Qu'il sent, quand vostre main le touche ,
Pour l'approcher de vostre front.

Mais vous profanez ces beautez ,
Et le diuines qualitez ,
Dont le Ciel embellit vostre ame ,

B

Si vous ne permettez vn iour,
Qu'vn nouueau desir vous enflame
De gouster tes plaisirs d'amour.

Clair miroir de perfection,
Aimant de mon affection,
Bannissez cette humeur de glace.
Qui triomphant de vostre cœur,
Vsurpe iniustement la place,
Dont Amour doit estre vainqueur.

Comme il finissoit ce dernier accent il se trouue contre la porte de son logis, & en mesme
temps, vn homme qui l'auoit suiuy pas à pas
depuis la maison de Fenice, se presente à luy,
Caualier, dit-il, que ie vous die vn mot. Don Lucifugue fut vn peu surpris de ceste vision, esti-
mant que ce fust quelque estourdy des freres de
Fenice, qui violant l'obeyssance de son pere,
estoit venu pour executer ce qui auoit esté ma-
chiné contre luy, & publier quant & quant le
deshonneur de sa maison, parce qu'il y auoit
apparence que ceste action là ne se feroit pas
sans bruit en quelque façon qu'elle se passast.
Lucifugue voyant vn homme seul, ne voulut es-
ueiller personne de ses domestiques, pour ne luy
donner occasion de croire qu'il eust peur, ou
qu'il luy voulust faire vne supercherie : Il va
donc courageusement à luy l'épée à la main, mais
dans le fourreau, parce que l'autre ne s'estoit
pas encore declaré ennemy : & commençant à

s'enquerir de ce qu'il defiroit de luy, il aprit que c'eftoit Federic, ce glorieux amant qui triomphoit de la bonté de Fenice, lequel s'eftant trouué engagé dans vne affaire d'importance, n'auoit pû aller chez elle, qu'à l'heure que Lucifuge en fortoit: qui s'émeruillant d'vn tel rencontre, ne croyant pas qu'autre que luy euft accéz là dedans, il en auoit conceu vn mauuais foupçon, & s'en voulant efclaircir, il auoit fuiuy Lucifuge pour le reconnoiftre : mais dans l'impatience qu'il auoit de fatisfaire fon efprit, il l'appella, voyant qu'il alloit entrer chez luy.

La ialoufie qui le marteloit, l'empefcha d'vfer de modeftie en cette action : D'abord que Lucifuge fe fut retourné, il le preffe de mettre l'efpée a la main auec des paroles iniurieufes.

Lucifuge indigné d'eftre traitté fi infolemment jette fa guitarre fur le paué, laquelle par vn trifte fon, tefmoigna de fe plaindre d'vne fi grande difcourtefie, & fans autre confideration, il fe met en deuoir de chaftier la temerité de fon ennemy, auquel il fit bien toft voir qu'il eftoit plus adroit que luy, ou pour mieux dire plus heureux : car Federic ne manquoit ny de dexterité ny de valeur: Lucifuge le preffe viuement, & luy porte deux eftocades franches qui luy laifferent de fanglantes marques de fa force, & le firent tomber en criant, ie fuis mort: Lucifuge le voyant en cét eftat, & comme ayant perdu la parole, eut pitié de fon malheur : il appelle fes gens, fait apporter de la chandelle & tranfporte l'infortuné Caualier dans ce corps de logis referué, fur vn bon lit, quoy qu'il fem-

blaſt auoir plus beſoin d'vn tombeau. Il enuoye
promptement querir le Preſtre & le Medecin, qui
appliquerent leurs appareils quaſi en meſme
temps. Le bleſſé ayant repris vn peu de vigueur
aduoüa ſon inconſideration, & conta comme il
auoit eſté l'aggreſſeur de la querelle, à la déchar-
ge de ſon vainqueur : Et d'autre coſté, Lucifu-
güe deſirant mettre l'eſprit de Federic en repos, &
luy oſter les ombrages dont il eſtoit remply, au
prejudice de la fidelité de Fenice, luy fit vn ample recit de la 'fortune qu'il auoit couruë chez
elle à ſon occaſion, ayant eſté pris pour luy, &
s'eſtant veu en danger de perdre la vie entre les
mains de ſon pere & de ſes freres. En ſuitte de
cette relation, il luy repreſenta la cruelle per-
fidie dont il vſeroit à l'endroit d'vne ſi belle
amante, qui s'eſtoit laiſſée perſuader par ſes paroles, & vaincre par ſes merites : bref il preſſa ſi
fort ſa conſcience, & luy donna de ſi viues at-
teintes en l'ame, du mal qu'il faiſoit ſouffrir à
tant de perſonnes, & du danger où il eſtoit d'a-
uoir quatre freres pour ennemis, qu'il le fit re-
ſoudre à proteſter en la preſence de tous ceux
qui eſtoient là d'effectuer ce qu'il auoit promis à
Fenice, auſſitoſt que Dieu luy auroit fait la grace d'entrer en conualeſcence.

Ce iuſte vœu fut receu & approuué du Ciel :
Dés cét inſtant là on recõnut à veuë d'œil vn
grand amendement en ſes bleſſures, & dans peu
de iours aptes, il ſe vid en eſtat d'accomplir ſes
paroles. Pour cét effet, il pria Lucifugue,
auec lequel il auoit deſia fait vne etroitte alliãce
d'amitié d'aller viſiter Fenice de ſa part, & luy

portér des nouuelles asseurances de sa fidelité, reseruant à luy conter vne autre fois le combat
qu'il auoient fait ensemble, de peur de la mettre en peine de sa guerison : Lucifugue s'estima
fort heureux d'estre choisi pour faire vne am-
bassade qui deuoit estre si agreable à cette
Dame,

Il s'en va chez elle, où il la trouua infiniment
affligée de n'auoir ouy aucunes nouuelles de son
Federic, depuis qu'elle luy auoit abandonné son
honneur: Elle estoit malade au lit, & son pere en
mesme estat, tous deux ayans le cœur percé de
mille pointes de douleur, demandant sans cesse
au Ciel, les choses qu'ils ne pouuoient obtenir
des diligences humaines, ou la mort ou la reparation de leur honneur. Cependant les quatre
freres de Fenice comme desesperez de l'affront
qui leur estoit demeuré sur le visage, voyant que
l'on ne sçauoit qu'estoit deuenu celuy qui leur
causoit tant de scandale, creurent qu'il s'estoit
absenté, & en ceste pensée, ils se resolurent de
se separer, & d'aller en plusieurs villes pour essayer de le trouuer, & prendre vne sanglante
vengeance de leur iniure.

Or comme Fenice & son pere deuisoient de
leur desastre, ne iugeant pas que iamais ils en
deussent esperer de satisfaction, Lucifugue entra dans leur chambre, auec vn visage ioyeux tesmoin des bonnes nouuelle qu'il leur portoit. Si
ces deux malades furent estonnez de le voir, il
n'en faut pas douter, ne sçachant à quel dessein, il
alloit chez eux. Il leur conte succintement le
sujet de sa visite, afin de les tirer de langueur

& d'Inquietude, & leur donna tant d'asseurance de la verité de ses paroles, que Fenice &
son pere, rauis d'allegresse, pensoient que ce fust
vn miracle ou vn enchantement, considerant
que celuy à qui peu de iours auparauant ils
auoient voulu donner la mort, leur venoit donner la vie. Ils le receurent comme vn Ange, &
rendent grace au Ciel, de ce qu'il auoit eu com-
passion de leurs trauaux. De là en auant, Fenice
reprit son embonpoint, qui auoit esté diminué
par ses afflictions : le bon homme reuint en santé : & Federic estant parfaitement guery, s'en alla, accompagné de Lucifugue, confirmer la
naïfueté des paroles qu'il auoit portees de sa
part : Il redonna l'ame à Fenice par sa presence,
comme son espouse. On ennoya diligemment
chercher ses freres, lesquels se voyans appellez
pour estre témoins du recouurement de leur hôn-
neur, se rendirent incontinent à Madrid. Les parens & amis de Federic y furent conuiez, & d'vn
consentement general, les nopces furent cele-
brées, au contentement de tous les interessez, où
Don Diego Lucifugue, fut honoré entre les plus
releuez de l'assemblée, comme ayant esté vne des
principales causes de cét heureux succez.

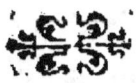

ADVENTVRE SECONDE.

A memoire des accidens paſſez, pouuoit bien ſeruir à Don Diego Lucifuguë, de meditation vtile à ſon repos, mais comme il eſt difficile à la raiſon, de regler les mouuemés d'vne inclination deſordonnée, les perils auenus ne lé pûrent empeſcher de continuer ſes extrauagans exercices. La gloire qu'il auoit d'en eſtre ſi heureuſement ſorty, luy donnoit occaſion d'en eſperer autant de tous les autres hazards. Il demeura quelque temps chez luy, depuis les nopces de Federic, vſant des honneſtes diuertiſſemens dont les autres hommes ont accouſtumé de s'entretenir, mais il luy ſalut bien-toſt redonner reſnes à à ſes complexions libertines, ſans que les bons conſeils d'Amanzor le puſſent diuertir.

Celuy-cy eſtoit vn homme de ſçauoir & d'experience, ſous la conduitte duquel Lucifuge auoit paſſé vne partie de ſon adoleſcence, & apris tout ce qu'il ſçauoit des lettres & de la vie ciuile: Que s'il n'auoit bien reüſſi en cette nourriture, il n'en deuoit pas eſtre blamé, n'ayant iamais manqué d'y aporter le ſoin & la diligence qui deſpendoient de luy, mais il eſt quaſi impoſſible à la preuoyance humaine, de maiſtriſer vn

esprit qui adhere trop à ses mauuaises habitudes
comme faisoit Lucifuge. Neantmoins Amanzor
voulut encore faire vn effort, & essayer par de
nouuelles persuasions à dompter la rebellion de
son naturel. Il prit son temps le mieux à propos
qu'il pust, & luy tint ce langage. Vous me donnez auiourd'huy sujet Seigneur Don Diego,
dit-il, de m'estimer le plus malheureux de tous
les hommes qui se sont meslez de mon mestier,
apres tant d'années que i'ay consummées aupres de vous, apres tant d'exhortations, & de
remonstrances que ie vous ay faites, & tant d'e-
xemples raportées, il faut maintenant que l'on
me reproche de n'auoir peu vaincre les inclinations peruerses de vostre enfance, ny vous gui-
der dans les sentiers de la vertu. Q oy mes trauaux seront-ils ainsi suiuez des iustes louanges
que ie deuois esperer en vous rendant honneste
homme. Faut-il qu'au lieu de cette legitime recompense, ie voye exposé au blâme de tous ceux
qui voyent ou qui entendent parler de la vie
estrange que vous faites, m'accusant d'auoir ne-
gligé le soin d'employer en vostre endroit, ce peu
d'experience que ie puis auoir, à discipliner vne
ieunesse. Mais laissez mes interests àpart, n'auez-
vous pas assez de iugement pour recognoistre
que vous estes le ioüet des compagnies, & la
derision, de tous ceux de vostre condition? Ne
voyez-vous pas que chacun murmure de cette
façon ridicule & extraordinaire dont vous pas-
sez le temps de cette vie si diferente du commun
des hommes? Sans mentir, on pourroit dire que
vostre humeur est fort noire, puis qu'elle vous

fait hayr & fuir de la clarté du iour, qui est si a-
greable à tout le monde: Encore s'il y auoit quelque pretexte qui puft exceder cette manie , si
vous auiez des pafsions amoureuses; qui vous
obligeassent d'aimer les tenebres de la nuict côme vous faites, on ne s'en eftonneroit pas : on
vous eftimeroit difcret & loüable, iugeant que
vous vferiez de ce temps-là , pour receler vos affections & euiter le fcandale qui en pourroit
aduenir. Mais de vous laisser fans fuiet emporter
à la violence d'vne fantaisie si destaifonnable,
qui preiudice à voftre fanté , & qui met à tout
heure voftre vie au hazard, tefmoin vôtre derniere Auenture, c'eft vne folie trop euidente & que
l'on ne fçauroit plus déguiser. Que si vous con-
tinuez encore vn peu de temps ces noires & bi-
zeartes pourmenades que vous faites toutes les
nuits, vous vous trouuerez furpris dans quelque
funefte accident , ou peut eftre vous perdrez
l'honneur & la vie, qui eft vne double mort. L'affection que ie vous ay toufiours portée, m'induit
à vous faire encore cette remonftrance , afin que
apres cela, si vous vous perdez , comme vous en
eftes dans le chemin, on ne die pas que vous ayez
manqué de confeils & d'aduertiffements pour
vous en retirer , mais plutoft, que l'on fçache
que vous auez efté le feul auteur de vos difgra-
ces. Pour mon regard, ie me fepare de vous & de
voftre maifon : ie ne veux point eftre tefmoin
des malheurs qui vous menacent, ny voir mon
temps, mes peines, & mes enfeignements si mal
employez.

En proferant ce dernier mot, il fe prefenta à

la porte, pour fortir & s'en aller du logis: mais Don Diego fe jette au deuant, s'efforçant de le retenir, & par ainfi conteftoient l'vn contre l'autre par affection, & non par colere: A la fin, Don Diego luy promit de changer de mœurs, & de fuiure tous fes confeils : Pour tefmoignage de fes paroles, il fe defpouille de fes armes , & durant deux iours, il vefquit de toute autre façon qu'il n'auoit accouftumé , & dans l'ordre commun des humains, vfant du iour & de la nuict felon le cours de la nature. Mais comme fon humeur fe trouuoit violentée dans cefte modeftie, dés la troifiefme nuict enfuiuant il commença à fe repentir de bien faire , & trouuant de l'inquietude dans le repos du lict où il eftoit, il fe met à detefter contre la feuerité d'Amanzor: il l'appelloit refueur pedentefque , tyran de fa liberté, & le maudiffoit de mille autre forte d'injures. Il eftoit en cét agreable entretien, quand il ouyt entrer vn carroffe dans fa rue , lequel arreftant le tintamarre de fes rouës affez pres de fon logis, donna lieu à l'harmonie d'vn lut, de delecter fes oreilles , il fe leue & fe met à la feneftre, & incontinent apres, vne voix charmante , & qui fembloit eftre d'vne femme , accompagna cét inftrument en recitans ces paroles.

CHANSON.

Témoin de mon affection
Penser aile, allez sans crainte,
A celuy dont i'ay l'ame attainte
Raconter mon affliction.

Penser fidelle, allez sçauoir
Si ie possede encor la gloire,
D'estre logee en la memoire
Du cher objet de mon espoir.

Penser, parmy la pureté
Du temple, où ie suis adoree,
Voyez s'il a permis l'entree
A quelque étrangere beauté.

S'il m'a fait vne trahison,
Reuenez m'en rendre certaine,
Car au lieu d'augmenter ma peine,
Vous causerez ma guerison.

En suite de ces vers, la mesme voix en chanta d'autres, mais si picquans & si medisans, qu'il scandalisoient tous les auditeurs, & encore plus

vne certaine Courtifane du voifinage de Don
Diego, pour laquelle ils eſtoient compoſez, &
qui les eſcoutoit, ou pour le moins le pouuoit
faire. Elle eſtoit des amies & fous la protection
de noſtre Auenturier, & pour cette cauſe il fut
foigneux de remarquer toutes les paroles qui la
pouuoient offenſer : ce qui le mit en grand' colere, & luy donna occaſion d'en rechercher la
vengeance. En meſme temps il commence à
blaſphemer con   s conſeils d'Amanzor ? il
s'habille prompt   ent, prend vne bonne rondache & vne ép   : Hernandez de Tolede, & ſans
ſe donner loiſir   outonner ſa roupille ny mettre ſes iarretie   l ſort de chez luy comme vn
foudre, po   ler apres celle qui auoit recité
cét infam   yre contre ſa voiſine. La fureur le
tranſportoit ſi fort, qu'encore que carroſſe fuſt
deſia loin, il l'attrapa incontinent à la ſueur de
ſon pauure corps. Il fait arreſter le cocher à force de crier, puis il vomit tant d'iniures & de ſa-
les paroles contre tous ceux qui eſtoient dedans,
que s'ils n'euſſent eſté gens de debauche & ac-
couſtumés à ouyr ſouuent de telles galanteries,
il y euſt eu vn grand carnage. Au lieu de ſe faſ-
cher ils ne firent que rire & mocquer tant des
paroles que du parleur, que de la façon dont il
eſtoit habillé, & commandant au cocher de toucher, laiſſerent-là Don Luciſugue hors d'haleine
& de raiſon, tant la colere luy auoit enflamé le
ſang. Neantmoins, il eut encore aſſez de force
& d'opiniaſtreté, pour courre apres ce carroſſe,
& remarquer où il entreroit, afin de prendre ſon
temps & ſe ſatisfaire auec moins de danger pour

luy & plus de honte pour celle qui auoit faict
l'iniure.

Mais débroüillons vn peu ces confusions, &
disons le nom de ces galantes, pour donner plus
d'intelligence à ce discours. Celle dont Lucifugue estoit le deffenseur s'appelloit Carcelie,
& l'autre qui vint prouoquer sa colere, se nom-
moit Faustine, & toutes deux de condition, de
mœurs & de vie si conformes, que la loüange
ou le vitupere qui se disoit de l'vne, se pouuoit
fort proprement adapter à l'autre. Don Lucifugue
vsa d'vn subtil artifice en cette occasion, il trouua moyen de tirer vne coppie de ces vers saty-i-
ques, dont les pointes auoient tant égratigné le
cœur de Carcelie, & se figura qu'en mettant le
nom de Faustine, au lieu de Carcelie, c'estoit
finement déguiser la piece, & la faire seruir pour
les chastier & offenser auec ses mesmes armes.
En effet il eut sujet d'admirer son inuention, car
en lisant ces vers, il les trouua si propres à son
projet, qu'il creut que l'auteur auoit vsé d'vne
tres ingenieuse malice, car en feignant d'attaquer Carcelie, il offensoit excessiuement Faustine, en se seruant de sa voix & de sa bouche,
pour publier sa mesme impudicité, & les autres
vices de sa vie débordée.

Don Diego Lucifugue communiqua son dessein à certaines gens beaucoup plus disposez à la
complaisance des scandaleuses entreprises, qu'à
l'approbation des honnestes : ils animerent son
courroux, en exagerant l'iniure, & mesme s'of-
frirent d'estre les executeurs de sa vengeance. En
cette iudicieuse consultation, il fut deliberé que

l'on donneroit vne serenade auec toute sortes
d'instrumens ridicules , comme nous dirions.
deux cornets de vacher , deux sifflets de cha-
treur de porcs de differentes grosseurs, deux clo-
chettes cassees, deux crestcrelles aussi de diuerses grandeurs , deux guitarres & deux violes en
discord, sans touches, & manices par des igno-
rans, & quatre chauderons d'inégales formes,
pour rendre la musique plus complette.

Item , que l'on composeroit vn dialogue en
vers , pour estre recité par deux jeunes hommes,
dont l'vn representeroit Faustine, & l'autre Popee
sa sœur, ayant des habits a peu prés comme ceux
qu'elles portent ordinairement.

Que le sujet du dialogue , seroit des questions querelleuses entre les deux sœurs, par où
la verité de leur vie infame seroit diuulguée:

Que ce dialogue seroit apris par cœur, par des
gens de forte voix, & de prononciation intel-
ligible.

Que le recit seroit assayé, concerté, & repeté
plusieurs fois auant le iour de sa solemnité , de
peur d'y faillir.

Item , que Don Diego feroit prouision d'vn
chariot de triomphe ridicule , comme ceux de
Caresme prenant , qui seroit enuironné de
flambeaux pour mieux reconnoistre les figures:
lequel chariot seruiroit de theatre pour reciter
le dialogue.

Que ledit chariot se planteroit deuant les fenestres de Faustine, & que bon gre mal gré
on les luy feroit ouurir, afin qu'elle ne pre-
tendist cause d'ignorance de l'affront qu'on luy

vouloit faire.

Parmy tant de sous-consultans, il se trouua
vn sage, qui s'efforça auec mille bonnes raisons
de destourner l'execution de cette folie, leur representant le scandale qu'ils feroient : mais parce qu'il estoit seul de son parti, ses bons aduis
eurent pour sallaire vne risée generale & vn ban-
nissement perpetuel de leur congregation. Apres
cela ils firent choix du meilleur Poëte de la troupe, pour la composition du dialogue, auquel
fut employé tout ce que les Muses insolentes &
satyriques auoient à cette heure là, de plus in-
iurieux & infame, au grand contentement de Lucifugue & de ses adherans,

Comme il fut question d'estudier cette impor-
tante & serieuse declamation, il se fit vne infinité de gousters, soupers, & collations, chez Lucifugue, & à ses dépens, où la fureur Baccanale
agitoit plus les esprits que celle d'Apollon. Qu'ãd
tous ces excellens Acteurs furent prests à iouer
leur Momérie, Don Lucifugue voulut qu'ils en
fissent le dernier essay en la presence de Carcelie, laquelle accompagnee de plusieurs nymphes
de son espece, se rendit chez luy, où apres auoir
amplement collationné, elle presida à ceste actiõ
& donna ses aduis sur ce qui se deuoit adjouster
ou diminuër en ceste impudente vengeance,
qu'elle tenoit pour vn iuste chastiement. La piece ayant passé par ceste prudente censure, &
estant iugee digne de paroistre en public, il fut
ordonné que ce seroit dés la nuit prochaine sans
aucun retardement, de peur que le secret que
l'on y vouloit obseruer ne fust descouuert,

& ne vint à la connoissance des Interessées, lesquelles vsant des forces de leurs protecteurs,
qui estoient puissants & en grand nombre,
pouuoient non seulement aneantir le projet mais
encore faire assommer les entrepreneurs.

Enuiron minuit, ils commencerent à preparer
tous les instrumens destinez à cette infernalle
serenade, sans toutesfois les faire bruire, leur
intention estant de n'incommoder personne, que
ceux qui par malheur, se trouueroient au voisi-
nage des Dames contenuës au Dialogue, & pour
qui la feste se faisoit. On cômence à faire mouuoir la machine du chariot de triomphe qui estoit tiré par six nobles coursiers, qu'on appelle
en langue vulgaire, Crocheteurs, lesquels arriuant au bout de leur carriere, autant las, comme
alterez, eurent sujet d'estimer leur voyage malheureux & leur peine inutilement employée,
parce qu'ils trouuerent des barricades à l'entrée
de la ruë où ils auoient à faire. Vn Caualier des
plus releuez de la Prouince ayant sa maison en
cette ruë là & estant griefuement malade, auoit
par la permission du Magistrat, fait planter des
pieux & mettre des pieces de bois à trauers des
pauez, pour empescher le chattoy de passer par
là, & d'interrompre son repos. Don Lucifugue
& ses supposts, firent halte, & apres auoir donné
plusieurs maledictions à cét obstacle, ils se resolurent de le forcer & d'acheuer leur entreprise,
ils en vienrent bien-tost à bout, chaqu'vn deux
mit la main à l'œuure, en vn moment ils eurent
tout jetté par terre.

Leur machine s'approchoit desia du lieu destiné

ftiné à la representation, quand le maiftre d'ho-
ftel du Caualier malade furuint, accompagné des
principaux domefti ques qui venoient de chez
l'Apotiquaire, querir quelques remedes qu'ils
auoient fait compofer en leur prefence, fuiuant
l'ordonnance du Medecin : Eux étonnez de voir
leurs barrieres arrachées, & vn fi grand tintamarre dans la ruë, s'aprocherent des plus apa-
rents de la troupe, & leur firent ciuilement entendre que leur maiftre eftoit fort malade, que
c'eftoit vn tel Seigneur, & qu'ils les prioient de
fe retirer fans faire dauätage de bruit. Ceux qui
oüirent cette priere ne leur purent faire réponfe,
qu'ils n'euffent auparauant confulté la volonté
de Don Diego, comme chef & conducteur de
l'entreprife, lequel aprochant des fuppliants les
contenta de belles promefles qui n'eurent pourtant point d'effet, dés qu'ils furent entrez chez
eux, les complices de Lucifuge commencerent
à faire le charriuary de leurs inftruments, d'où
fortoit vn bruit diabolique, capable d'étourdir
tout le quartier. Le panure Seigneur malade que
fon Medecin veilloit, defirant fçauoir d'où procedoit cette tempefte, fes gens luy dirent la rencontre qu'ils auoient faite. Là deffus on éueilla
tout le refte des feruiteurs, eftaffiers, cochers,
palefreniers, qui eftoient en grand nombre, lefquels fçachans l'infolence qu'on auoit commife
contre le refpect de leur maiftre, & la confideration de fa maladie, fe mirent en eftat d'aller cô-
iurer ces Lutins à bons coups d'épees, de halle-
bardes & de toutes les autres armes qu'ils puret
trouuer fous leurs mains, car la colere les

C

forgea en vn inſtant, & ſortent ſur eux comme
leurs flambeaux eſtoient deſia allumez, & que le
recit du dialogue commençoit: Ils voŕ droit au
chariot qu'ils mirent en pieces & jetterent par
terre tout ce qui ſe trouua dedans. Mais à l'inſtant, l'eſcorte de Don Lucifuge & luy quant
& quant, accoururent au ſecours, où il y eut
vne furieuſe meſlée, force teſtes fendues & bras
aualez de part & d'autre: Et ayans ainſi repeu
leur colère, ils ſe ſeparerent d'eux-meſmes, & les
coups furent pour les mal-heureux.

Fauſtine & Popée qui eſtoient aux ſeneſtres,
aduerties que ce merueilleux concert ſe faiſoit
pour elles, ſe retirerent dans leur lict rauies de
ioye d'auoir eſté ſi glorieuſement vengées ſans
y penſer: Mais leur allegreſſe ne dura guere,
L'authorité du Seigneur leur voiſin, ayant apris
que c'eſtoit à l'occaſion de leur mauuaiſe vie,
que ces ſcandales nocturnes ſe faiſoient, car il en
auoit deſia ſouffert d'autres incommoditez, en
aduertit la Iuſtice, qui les bannit honteuſement
du ſejour de la Cour: Et par ainſi, le ſecond affront fut pire que le premier. Aucuns des com-
batans de part & d'autre, furent mis en priſon
& condamnez à quelques amendes. Don Diego
Lucifuge, qui eſtoit l'autheur de toutes ces con-
fuſions ſe tira ſubtilement du pair, ſous pretexte
qu'il eſtoit de differente iuriſdiction, &
qu'il auoit de puiſſants amis à la Cour: car hors
ſa bizarrerie, d'aimer à tauder & courre la nuict,
il eſtoit de fort agreable conuerſation: De façon
qu'il s'exempta des attaintes de certains
petits mangereaux d'officiers de Iuſti-

re , qui euſſent bien voulu mettre les griffes ſur
luy , ou pluſtoſt ſur ſa bourſe pour en tirer le
ſang.

ADVENTVRE
troiſieſme.

Manzor offenſé de ſoy-meſme ,
& preſſé de ſa propre conſcience , voyant Don Diego Lucifugue deliuré des inquietudes
de la Iuſtice , qui luy auoient
couſté tant de pas & de peines,
reſolut auſſi de ſe deliurer des ennuys que ſes
extrauagances luy donnoient : Il eſtimoit que le
monde luy imputoit toutes les mauuaiſes habitudes de Don Diego , comme ayant eſté ſon
precepteur , & pour ſe iuſtifier contre ces
fauſſes opinions : il crût qu'il ſe deuoit retirer
de cette action faire publiquement connoiſtre
qu'il n'adheroit nullement à ſes façons de viure ſi extraordinaires. Il declara ſon intention
à Don Diego : qui n'eut pas à ceſte heure là les
ſentimens de l'autre fois : au lieu d'eſſayer à
rompre ce deſſein , & l'empeſcher de ſe ſeparer
d'auec luy, comme il auoit fait par le paſſé, il
luy mit le marché à la main, & luy répondit

froidement, que cela dépendoit de luy, & de
ce qu'il trouueroit le plus à propos. Amanzor
bien eſtonné de ſe voir pris au mot, fut contraint
par honneur, d'effectuer ſa propoſition, comme
il fit ; mais au bout de quelques iours, il ſentit
que ſon courage luy couſtoit fort cher : il n'auoit
pas encore bien experimenté la peine qu'il y a-
uoit à viure à ſes deſpens, ny reconnu le plaiſir
d'eſtre défrayé par autruy : tandis qu'il le poſſe-
doit, il ne reſſentoit pas, car on ne s'apperçoit
iamais parfaitement de la valeur des choſes que
quand on n'en joüyt plus.

Eſtant donc laſſé de ces incommoditez, &
deſirant s'en deſcharger, il trouua moyen d'employer des perſonnes de condition, & qui a-
uoient credit auprés de Don Diego, pour le re-
concilier auec luy, & agréer qu'il le retabliſt
dans ſa maiſon comme auparauant. Ceſte gra-
ce-là, ne leur fut pas difficile à obtenir, & neantmoins, au grand deſauantage d'Amanzor, parce que dans la capitulation, il fut accordé que
l'autorité de gouuerneur, ſeroit ſuprimée ; que
chaqu'vn viuroit à ſa mode : que les comporte-
ments ſeroient libres, & que ce que l'vn feroit
l'autre ne s'en pourroit formaliſer : Et pour
mieux executer ces articles, Amanzor prit ſa
demeure dans le corps de logis où Don Diego
n'habitoit pas : Ainſi la paix fut faite, Don
Diego s'eſtimant fort heureux d'auoir ſecoüé le
joug de ceſte iuriſdiction pedanteſque : ainſi
qualiſioit-il la conduite d'Amanzor.

La diſpoſition naturelle que Lucifugue auoit
à toucher les inſtrumens & à bien chanter, &

l'exercice ordinaire qu'il en faisoit le rendit si expert, qu'entre les plus grands maistres il passoit pour excellent : Et comme la ressemblance des inclinations fait naistre l'amitié, il prit accointance auec vne ieune Dame qui entendoit aussi l'art de la musique auec tant de perfectiõ, qu'elle pouuoit estre contee pour vne dixiesme Muse. Il se piqua si fort de ceste affection & en occupa tellement son esprit qu'il oublioit tous ses deuoirs. Et quoy qu'il luy rendist des preuues signalees de sa passion, il n'en pouuoit tirer d'autres faueurs que celles que les honnestes conuersations luy pouuoient permettre, encore estoit ce en la compagnie des autres femmes. Il passa vn Printemps & vn Esté en ceste perseuerance, & neantmoins l'Automne ne luy aporta aucun fruit ; il esperoit tousiours, & n'obtenoit rien.

Cette Dame appellee Sirene, nom conuenable à son inclination, estoit mariée à vn homme de qualité & de respect, mais si éperdument ialoux, que tout ce qu'il imaginoit luy sembloit estre la pure verité. Vn grand voyage qui l'auoit tenu long-temps absent de Madrid, auoit donné tout loisir à Don Diego de faire ses aproches, & à Sirene fauorisé les moyens de passer le temps à sa discretion : Mais apres le retour de son mary, sa liberté fut beaucoup diminuée. Elle en donna aduis à Don Diego, & le pria de s'abstenir des pourmenades qu'il faisoit à toute heure aux enuirons de son logis, de peur que son mary n'en prit ombrage. Q̃e la nuit suiuante, elle le verroit en la maison ioignant la

fienne, fchez vne voifine confidente, qu'il s'y
rendiſt ſur les dix heures, & qu'ils s'entretien-
droient plus amplement des moyens de maintenir, leurs affections ? & afin qu'il ne ſe meſpriſt
pas au rendez-vous, il trouueroit quelqu'vn
dans la ruë qui luy en donneroit de plus certaines enſeignes.

    Don Diego receut ce meſſage auec beaucoup
de ioye, eſtimant eſtre arriué au dernier terme
de ſes eſperances, & que Sirene, comme équi-
table luy donneroit la recompence que ſes longs
ſeruices meritoient. L'heure venuë, le galant
s'équipa le mieux qu'il pût d'habils auãtageux,
pour auoir vne plus belle apparence, & d armes
deffenſiues pour ſe garentir des mauuais accidents. Il ſort de ſa maiſon, cheminant à grands
pas de peur d'arriuer le dernier au lieu du duel,
où il penſoit eſtre appellé : mais quand il fut là,
& qu'il ne vid perſonne dans la ruë, pour luy
dire ce qu'il auroit à faire, il luy falut exercer
la patience, en attendant des nouuelles de Sirene, tantoſt il ſe promene, tantoſt il s'arreſte
& écoute : & commençoit à ſe plaindre de ſa
deſtinee, quand vne ſeruante de Sirene vint à la
porte, & luy dit que ſa maiſtreſſe auoit eſté contrainte d'aller pourmener & prendre le fraiz de
la ſoirée auecque ſon mary, en quelque lieu
qu'elle ne ſçauoit pas, & qu'il ſe donnaſt la peine de retourner dans deux heures. Ces paroles
luy furent bien dures à digerer, il penſoit trouuer vn mets beaucoup plus delicat que celuy là:
mais apres auoit bien ruminé, il iugea que Sirene auoit deu rendre cette complaiſance à ſon

mary, & qu'en l'imitant, il deuoit auſſi ſe reſou-
dre de patienter, & d'attendre ſon retour qui
luy alloit durer vn ſiecle. Il tâche à diuertir ſes
inquietudes, en allant & venant, & dans ces in-
teruales de temps, il void vn autre homme qui
faiſoit le meſme exercice, attendant l'occaſion
de parler à vne Dame du voiſignage de Sirene :
Don Diego luy voulut laiſſer le champ libre, de
peur de ſe faire connoiſtre & de cauſer ſcandale,
car il eſtoit diſcret amāt. Il s'en va dans la prairie de Madrid attendant que le terme de ſon aſ-
ſignation fuſt expiré. L'air qui s'eſtoit trouué
plus froid & plus couuert que de coûtûme, rendoit la prairie ſolitaire & en grand ſilence, car
bien que ce ſoit le lieu des pourmenades des Dames & des Caualiers, il n'y auoit alors perſonne,
eſtant auſſi plus de minuiƐt. Il eut donc moyen
d'entretenir ſes belles penſées ſans craindre d'en
eſtre diuerty, ny d'eſtre choqué des allans & venans, il ſe pourmene deux fois d'vn bout à l'autre : il marchoit à grands pas & aſſez viſte s'imaginant peut-eſtre que ceſte diligence là auançoit
le temps de ſon retour, & comme il eſtoit ſur le
point de s'en aller, il ouyt plaindre vne femme
aſſez proche de luy, qui prononçoit ces paroles :
Quoy chere moitié de mon ame, ſerois-tu bien
ſi traitre que de m'auoir amenée icy pour m'oſter
la vie, Don Diego émeu de compaſſion, remarqua l'endroit d'où ces triſtes accents partoient,
& ſans penſer à ſon retour s'en va droit la rondache en vne main & l'epée à l'autre, pour ſecourir
la perſonne qui teſmoignoit eſtre dans ce
danger. A peine eut-il fait vingt pas, quand il

C 4

trouua vn carroffe attelé de deux cheuaux, fermé
d'vn cofté & ouuert de l'autre , & vn peu plus
loin vn homme à pied, & vne femme à genoux
deuant luy. Cét hôme entédant venir quelqu'vn
va au deuant l'épée à la main, Demeure, dit-il à
Don Diego. Demeure toy-mefme, refpond-il
fort courageufement , & fçache que ie viens icy,
pour te chaftier de la trahifon que tu commets
à l'endroit de cefte pauure femme, qui n'a
point d'autre deffence que fes larmes, affez fortes
toutesfois enuers vn courage noble , dont tu ne
tiens rien, puis que tu es infenfible à fes plaintes.
L'autre fe voyant offenfé à l'honneur , repartit
promptement de l'efpée , Lucifugue para le
coup, & à l'inftant fe mettant a chamailler, l'vn
& l'autre voulât ofter la vie à fon ennemy, mais
Lucifugue fe trouuant auoir plus d'adreffe
ou de bon-heur , luy donna deux coups d'épée
l'vn fur l'autre, qui ietterent fon homme par
terre en criant, Iefus, ie fuis mort,& demeurant
là éuanouy. Auffi toft Lucifugue s'en va prendre cefte femme eftendué par terre, de l'extreme
douleur qu'elle auoit reffentie, au cry mortel
de celuy qui la vouloit tuër , croyant qu'il fuft
mort , car foit qu'elle craignift quelque
danger de cét accident , ou bien que veritablement elle aimaft cét homme. Don Lucifugue
la trouua comme pafmée & fans fentiment : il
l'enleue de là, la met dans ce carroffe , abat la
portiere qui eftoit ouuerte , & faifant le me-
ftier de cocher, mene le carroffe droit à fa maifon, Il va à ce corps de logis de referue où Amanzor eftoit logé, il le fait leuer , & fans chandelle,

de peur que les voifins en viffent rien, ils portent enfemble cette femme fur vn lit : aucun valet ne fut appellé pour leur ayder, parce qu'il n'y
a iamais de fecret aux affaires dont ces gens là
prennent connoiffance. Alors D. Diego dit fuc-
cintement à Amanzor, Voicy vne femme que ie
ne connois point, à qui ie viens de fauuer la vie.
Ie me fuis trouué en vn lieu, où vn barbare la
vouloit tuer, elle eft encore en pâmoifon de la
peur qu'elle a euë, ayez-en foin, ie la vous re-
commande : & fans luy dire autre chofe, il part,
remonte fur le carroffe, & le meine deuant la
maifon d'vn Ecclefiaftique fort homme de bien,
il l'appelle à haute voix, le priant de mettre la tefte à la feneftre, comme il fit en mefme temps, &
lors D. Lucifugue, fans fe nommer, luy dit ces
paroles : Monfieur, voftre reuerence fçaura que
ce carroffe s'eft trouué par hazard dans les ruës
fans maiftre ny cocher, ie vous l'abandonne,
eftant affeuré que voftre probité fera toutes les
diligences poffibles pour le faire rendre à qui il
apartient. A dieu. Et fans attendre des refponfes
il fe retire promptement, laiffant ce bon hômeen
grande confufion. De la, il s'achemine vers la
maifon de Sirene auec beaucoup d'inquietude en
l'efprit, craignant d'auoir manqué l'occafion,
parce qu'il eftoit vne heure plus tard que le têps
qu'on luy auoit marqué pour fon retour. En a-
prochant la porte, il trouua la feruante de Sirene, qui luy dit que fa maiftreffe n'eftoit pas encore reuenuë, qu'il faloit qu'elle fuft allée chez
fa mere auec fon mary, que c'eftoit vne riche
veufue, de qui elle raportoit toufiours quelque

present de valeur, qu'en cas qu'elle fust là, il ne
la faloit pas attendre de toute la nuit , & peut-
estre de huict iours, car elle aimoit si passionnément cette mere, que quand elle estoit en sa maison elle n'en pouuoit sortir. Ce grand discours
mit quelques soupçons en l'ame de Don Diego,
qui fut assez fin pour iuger que cette seruante luy
donnoit vne caßade , mais ne sçachant à quelle
fin elle tendoit il ne la voulut point enquerir dauantage, il fait semblant de la croire & de se retirer.

Exerçant donc ainsi la patience il fit vn grand
circuit autour de la maison de Sirene , où il employa prés de demie-heure, & venant à repasser
encore vne fois au deuant, il la void toute pleine
de sergents, d'archers, de greffiers & de populace
qui faisoient vne grande rumeur. Il s'approche
& s'informe d'où procedoit cette émotion , il
luy fut dit, que l'on venoit d'aporter Don Leandre mary de la belle Sirene fort blessé , & que
l'on ne sçauoit contre qui il auoit eu querelle. Sur
cette response , il iugea qu'il ne faisoit pas
bon là pour luy : qu'estant reconnu pour
faire la Cour à sa femme , & trouué armé
comme il estoit , on se pourroit saisir de luy, &
qu'il auroit de la peine à iustifier son innocence,
quoy qu'elle fust veritable selon sa creance , car
il ne pensoit pas estre interessé dans cette action-
là. Il s'en va donc promptement en son logis,
auec intention d'enuoyer vn de ses domestiques,
pour luy raporter au vray ce qui estoit arriué
au mary de Sirene.

En chemin il regrettoit le malheur aduenu

à ce pauure homme, souhaitant que celuy qui
auoit commis cét excez fust seuerement châtié,
non pas qu'il affectionnast Leandre, mais pour
l'amour de Sirene, pource qu'auenant faute de
luy sans enfans, elle se trouueroit dépoüillée de
la possession de son bien, dont ses heritiers se
viendroient incontinent emparer. Mais retournons voir en quel estat est ceste infortunée que
Don Diego auoit mence chez luy.

Nous l'auions laissée à demy morte entre les
mains d'Amanzor quila voulant secourir en vne
necessité si pressante, ayant allumé de la chandelle, il luy mit vn peu de confection d'al Ker-
mes dans la bouche qui réueilla ses esprits assou-
pis. Comme elle eut eut ouuert les yeux, elle
fut étonnee de se voir en vn lieu & aupres d'vn
homme inconnu, & ne sçachant si c'estoit luy
qui l'eust garantie de la mort. Monsieur, luy
dit elle, si c'est vous dont le courage & la valeur
m'a sauué la vie, ie vous conjure par cette mesme generosité de me sauuer aussi du scandale :
Et pour cét effet, sans me demander qui ie suis,
si desia vous ne le sçauez, ie vous suplie de me
faire mener auant qu'il soit iour, deuant l'Eglise sainct Hierosme. Ce sera la plus grande obli-
gation que ie vous puisse auoir dans la misere où
vôtre charité m'a reduite. Helas! celuy que vous
ayez tué estoit mon mary: il est vray qu'il alloit
attenter sur ma vie, & que vous l'en auez empesché, ie vous en rends graces & non pas à la
destinée, car ie souhaiterois de bon cœur,
qu'elle en eust disposé par vn éuenement contraire.

Amanzor fut grandement ebahy d'ouyr ce langage, il iugea, comme prudent, que Don Diego pouuoit bien estre celuy à qui cette demoiselle pensoit parler, & que c'estoit quelque méchante affaire dont il faloit essayer de le desembaraser. De sorte qu'ayant remarque la confusion où estoit cette femme, il fit conjecture qu'elle ne connoissoit pas Don Diego, & qu'il se deuoit preualoir de cette ignorance, comme il fit tres-ingenieusement. Mademoiselle, répond il à cette femme, ie suis indigne de tous ces honnestes complimens que vous me faites, il les vous faut reseruer pour celuy qui les merite, vous pouuez iuger à ma façon & à mon habillement que ie me meslerois plutost de donner des coups de plume que d'épee. En effet ie suis tres-ignorant des choses que vous me declarez: ie ne sçay qui vous estes, si vous n'estes vn Ange, car l'eclat de vos beautez m'en donnent l'opinion. Mais sans m'en enquerir dauātage, ny prendre le temps qui vous est si cher, puisque vous desirez sortir de ceans auant le iour, ie m'offre de vous conduire moy-mesme deuant l'Eglise S. Hierosme, à condition qu'auparauant sortir cette chambre, vous me permettrez de vous voir voiler le visage, & couurir les yeux, & que vous me iurerez de ne vous point découurir que ie ne vous quitte, vous asseurant toute fois que ce sera auec tout le respect qui vous est deu & que i'ay vn extreme deplaisir de me trouuer obligé à vous traiter avec tant de méfiance & de seuerité: mais ie vous diray qu'il est fort necessaire d'en vser ainsi pour des considerations, dont s'il vous plaist vous ne vous informerez non plus que moy, pour sçauoir qui vous estes.

Cette pauure demoiselle se voyant à la mercy de cét homme, & considerant l'honneste stile dont il luy parloit fut contrainte de s'abandonner à sa discretion. Elle luy promet auec serment de ne point toucher à son visage que par son consentement. A l'instant mesme Amanzor en fit vne naisue figure de Cupidon, il luy bande les yeux & l'emmene hors du logis : A chaque pas qu'il faisoit auec elle il regardoit derriere soy : le moindre bruit qu'il entendoit, il pensoit que ce fust la Iustice qui le vint surprendre, & dans ces aprehensions il arriue aupres du Conuent sainct Hierosme. Voyant que c'estoit le lieu où cette demoiselle auoit desiré d'estre conduite, il se met en posture pour la quiter, & en luy disant Adieu, il s'enfuit aussi viste que s'il eust volé, aussi la peur donne des ailes, & se sauue dans le logis de Don Diego, loüant Dieu de ce qu'il l'auoit deliuré d'vn si grand danger.

La demoiselle se sentant libre, & que son guide l'auoit quittée, elle se decouure les yeux & se void aupres de S. Hierosme, parce qu'il estoit desia iour, & pensant auoir fait vn songe, ou sortir d'vn enchantement, elle se sauue habilement dans la maison de sa mere qui estoit pres de cette Eglise.

Don Diego arriua chez luy, presque aussi tost qu'Amanzor: & de fait, il le trouua encore pantelant & fort échauffé de la course violente qu'il auoit faite. Et combien que nostre Auenturier fust infiniment triste, à cause des malheureux ob-

ces qui s'estoient opposez a l'effet de ses es-
perances, il ne laissa pas d'enquerir Amanzor
d'où precedoit cette grande alteration qu'il
voyoit en sa personne. Ce sont, luy repond
Amanzor tout mecontent, des effets de vos in-
considerations, qui mettent en grand peine
ceux qui s'interessent plus à la conseruation de
vôtre honneur & de vôtre vie, que vous mesme. Don Diego s'étonnant de ces paroles,
Amanzor s'expliqua plus clairement, & luy
côta de poinct en poinct, tout ce qui s'estoit passé depuis qu'il luy auoit laissé ceste demoiselle
inconnuë : Il luy recite les propos qu'elle luy
auoit tenus, comme il l'auoit emmenee les yeux
bandez, & pour quelles raisons il auoit vsé de
cet artifice. Alors Don Diego, connoissant le
bon office qu'Amanzor luy auoit rendu, admirant la grande prudence de cet homme, qui
le deliuroit d'vn extreme danger, car il craignoit fort d'estre recherché de l'action qui s'é-
toit passée en la prairie. Il l'embrasse en témoi-
gnage du ressentiment interieur de ses obliga-
tions: & ainsi qu'ils deuisoient en semblables particularitez de cette estrange auanture, ils entendent heürter à la porte de la ruë, comme si la
personne qui heurtoit eust esté pressée d'entrer.
Don Diego & Amanzor surpris d'estonnement
ayant desia l'ame disposée à l'apprehension, se
regardent l'vn l'autre, muëts comme deux sta-
tuës. A la fin, ayant oüy redoubler les coups iusques à la troisiéme fois, Don Diego va luy mesme à la porte, où il trouue vn garçon qui luy a-
portoit vne lettre de la part de Sirene. Cet à-

greable nom, luy remet la tranquilité dans l'esprit & le repos dans le sang, il fait entrer ce messager, & void sa lettre, qui contenoit ces paroles.

LETTRE DE SIRENE, A DON DIEGO.

DOn Leandre, combatu de ses perpetuelles ialousies, & de nouueau irrité par vne déloyale seruante, qui luy a fait entendre que nos accez auoient esté si familiers, que son honneur en estoit diffamé, vsa hier au soir d'vne perfide trahison en mon endroit. Il me pria de nous aller pourmener chez ma mere, visite qui luy estoit si peu ordinaire qu'autrefois il me le faloit importuner pour l'y resoudre : Ie me dispose innocément d'obeïr à ce qu'il desiroit, de peur de luy donner ombrage, combien qu'il me faschast fort de manquer à l'assignation que ie vous auois donnée. Nous sortons du logis, au coin de la ruë nous trouuasmes vn carrosse qu'il y auoit fait venir, & me faisant

entrer dedans, me tint ce langage : *Nous irons*
demain voir voſtre mere, allons nous en pour ce
ſoir prendre le fraiz dans la prairie. Ie n'ay pas
voulu faire venir ce carroſſe deuant noſtre mai-
ſō pour ne m'engager à mener nos voiſines auec
nous: à noſtre retour, s'il n'eſt point trop tard,
nous donnerons le bon-ſoir à voſtre mere. Tout
ce qu'il vous plaira, luy reſpondis-je. Nous
fiſmes vn ſi grand tour de ville, auparauant que
d'entrer dans la prairie, qu'il eſtoit prés de mi-
nuit quand nous arriuaſmes: Et encore qu'il fiſt
aſſez froid, & que le temps fuſt couuert, nous
ne laiſſâmes pas de mettre pied à terre. Alors il
me dit qu'il me vouloit faire oüir vn page qui
chantoit fort bien, & en meſme temps comman-
da au cocher (pour eſtre la ſeule perſonne qui fuſt
auec nous) de l'aller querir chez vn tel de ſes
amis qu'il diſoit loger là aupres. Le cocher part
ſur le champ, & ſoit qu'il euſt loing ou qu'il fuſt
inſtruit de Don Leandre , il ne reuint point.
A peine s'eſtoit il ſeparé de nous , quand Lean-
dre parlant d'vn ton de voix enrumé, témoin de
la grande émotion où il eſtoit , commença à me
repreſenter les injures qu'il pretendoit auoir re-
ceuës de moy, & ſans me permettre de me iuſti-
fier prononça la ſentence de mort, de laquelle en
meſme inſtant, comme il eſtoit partie & iuge, il
voulut auſſi eſtre l'executeur. Le voyant dans

cette

cette cruelle resolution , ie tasche par mes soûmissions & mes plaintes a luy amolir le cœur, & le rendre capable des sentimens de la pitié, mais au lieu de s'adoucir il s'aigrissoit d'auantage. Alors le Ciel, secourable aux innocés, me suscita ie ne sçay quel hôme , qui suruenant la côme vne apparition, se presente deuãt D. Leandre ainsi qu'il m'alloit plonger le poignard dans le sein, il l'apelle & le force auec des purbles piquantes de venir au côbat contre luy, D. Leandre me quitte & s'en va a luy l'špée a la main, mais s'eslans approchez a la longeur de leurs armes, cét inconu luy dõna deux coups d'espée qui le ietterent par terre, en criant qu'il estoit mort. Ce cry m'effraya si fort, que ie tombé pasmé de douleur. Estant renenuë de cét éuanouïssement, ie me trouuay dans vne maison inconnuë : & apperceuz auprés de moy vn hôme , que mon imagination troublée, prit pour iceluy qui auoit blessé D. Leandre mais ie reconnuz apres qu'il ètoit d'autre professiõ que de celle des armes, & craignât les estranges inconueniens qui me menaçoient, ie le priay, sans luy dire mon nom , de me faire mener auprés du Conuent S. Hiérôme, Il me l'accorde a condition qu'il me banderoit les yeux. Ie ne sçay pas a quelle intention , si ce n'étoit pour m'èpescher de recõnoistre la maison où ie ètois : Tant y a que le désir que i'auois d'er

D

ſtre hors de là , m'obligea de ſouffrir cette contrainte, & de me ſoûmettre a ſes volontez. Il
me demanda mon mouchoir , dont il me banda
les yeux, & me prennant par la main me con-
duiſoit comme vn aueugle au lieu que ie luy
auois dit, où il me laiſſa , en me diſant Adieu :
il diſparut ſi promptement qu'ayant oſté mon
mouchoir de deſſus mes yeux , ie me vis toute
ſeule. Ie m'eſtois propoſée de m'en aller chez
ma mere, mais depuis i'ay penſé qu'il me valoit
mieux retirer dans l'azile d'vne maiſon conſa-
crée a Dieu que ce porteur vous nommera. I'at-
tenderay là des nouuelles de Leandre, & vos
conſeils quant & quant, pour me diſpoſer apres
a ce qui ſera plus conuenable. Dieu vous con-
ſerue.

A toutes les periodes de cette lettre Don
Diego & Amanzor s'entre-regardoient en faiſant des exclamations & admirant ces prodigieux rencontres. Noſtre Auenturier ſe penſa de-
ſeſperer, conſiderant que la Fortune luy auoit
liuré le bien qu'il pourchaſſoit auec tant de paſ-
ſion, ſans le pouuoir recoinoiſtre, & qu'il ſe re-
noit chez ſoy tandis qu'il l'alloit chercher ailleurs. Il maudiſſoit ſa deſtinee, & ſe repreſentant
l'idée de la choſe, à faute de la realité ; Chere
Siche, diſoit-il, comme oſeray-ie paroiſtre deuant toy ? n'auras tu pas ſuiet de me croire mé-
coinoiſſant des faueurs que le ciel me faiſoit
pour recoinpenſe d'auoir expoſé ma vie pour

sauuer la tienne ? Mais quoy si ie ne meritay
rien en ton endroit, par cette action-là, ignorant
que ce fust pour toy que ie la faisois, ie puis dire aussi, que ie n'ay point failly, en laissant es-
chaper cette cherissable occasion, qui s'estoit
presentée pour me rendre heureux.

Ces chimeriques discours furent interrom-
pus par Amanzor, luy remonstrant qu'il valoit
mieux que le Ciel en eut ainsi disposé, pour éuiter les grands malheurs ou les perquisitions de
la Iustice les eust fait succomber : que peut-estre
ils eussent esté pris ensemble, & eussent seruy
d'oprobre a toute leur race, & d'exemple à la
posterité : qu'il luy conseilloit de se distraire de
telles frequentations : mais, auant que de rompre
les intelligences qu'il auoit auec Sirene, Il ne
desaprouuoit pas qu'il l'allast voir, afin de la
consoler, & tascher à la seruir, dans les occasions ou son honneur & sa vie ne se trouueroient
point engagez. Et parce, disoit-il, que la dé-
fiance est la mere de seureté, il s'offrit de l'accompagner ; combien que ceste action-là, fust
messeante à sa condition, & d'aller auparauant
dans la Religion, ou le messager les deuoit mener, pour voir si ce n'estoit point quelques fausses enseignes pour le faire attraper.

Don Diego, cedant à ces salutaires aduis, loüa
la prudence d'Amanzor : & sans perdre de temps
s'en vont auec le messager. Il n'y auoit que de la
nayfueté en Sirene : elle se trouua au lieu qu'elle
auoit dit : Don Diego & elle, deuiserent long-
temps ensemble, ou l'vn descouuroit à l'autre les
circonstances qui s'estoient passées en ceste af-

faire, depuis le commencement iusqu'aux termes où ils estoient. Sirené reconnut Amanzor, dont elle fut si transportée d'étonnement qu'elle en pensa é'uanoüir entre les bras de sa mere qui se troua presente a ceste visite. Et parce que le iour s'en alloit faillir, Don Diego Lucifugue prit congé de la compagnie & s'en va auec Amanzor.

En aprochant son logis, il rencontre le Docteur Varele, ce Prestre en la charge duquel il auoit laissé le carrosse, qui luy racôta la fortune qui luy estoit auenuë. Don Diego l'écouta auec autant d'attention que s'il l'eust ignorée : De plus, il luy dit qu'il auoit trouué à qui apartenoit le catrosse : que l'ón essayoit à prendre le cochet pour estre interrogé sur les particularitez du fait : que la seruante qui estoit cause de ce scandale s'en estoit fuïe.

Cependant Don Leandre estoit entre les mains de la iustice, des medecins & chirurgiens, & parmy de rigoureux tourmens, & d'esprit & de corps. Il estoit gardé par des archers, comme criminel, ayant volontairement confessé, que quãd ce malheur luy estoit arriué, il auoit mené sa femme dans la prairie à dessein de la tuër là.

Tous ceux qui oüirent parler de ceste histoire, souhaitoient passionnément de sçauoir le nõ de ce braue, qui auoit deliuré Sirene d'vn si notable peril : mais Don Lucifugue ne voulut point recueillir le fruit de ceste vaine gloire, de peur qu'il n'y trouuast trop d'amertume, & qu'il ne fust surpris dans les formalitez dela iustice : car estant reconnu pour amant de Sirene, on eust

aisément creu qu'il eust esté de propos deliberé
dans la prairie, & non par hazard. Si bien que
pour s'exempter de plusieurs inconueniens, &
tesmoigner à Amanzor le cas qu'il faisoit de ses
conseils, il resolut de demeurer chez luy & ne se
plus mesler de telles affaires. Peu de iours a-
pres, on luy apporta nouuelles de la mort de
Leandre, que l'on disoit estre plustost mort
des blessures de l'ame, que luy mesme auoit
navrée en deshonorant sa propre reputation,
que de celles que la main inconuë luy auoit
faite au corps. Et que Sirene, infiniement affligee de sa perte auoit quitté le monde, s'e-
stoit renduë Religieuse dans le Conuent où
Don Diego l'auoit veuë, pour faire peniten-
ce de ses fautes & de celles qu'elle auoit fait
commettre à autruy. Don Lucifuge fut saisi
d'vn si extréme déplaisir au recit de ces deux
tristes nouuelles, qu'il en prit vne maladie si
dangereuse, que peu s'en falut qu'il n'allast
apres Don Leandre.

꧁꧂꧁꧂꧁꧂꧁꧂ : ꧁꧂꧁꧂꧁꧂꧁꧂ : ꧁꧂꧁꧂

ADVENTVRE
quatriefme.

Amaladie de Don Diego fut longue : mais les douleurs & les ennuys en furent moderez par là
continuelle affiftance d'Amanzoit
Iamais il ne bougea d'auprès de luy, eflayant
à le diuertir auec des difcours agreables entre-
meflez de matieres ferieufes & facecieufes , &
où il y auoit toufiours de bons enfeignemens à
retenir, ptincipalement pour Lucifugue, car
tous les propos d'Amanzor, ne tédoient qu'à le
reduire dâs les voyes de la raifon , & luy faire
changer d'habitudes. Ses amis, auffi le venoiét
fouuent vifiter , luy racontant les nouuelles generales de la Cour , & les hiftoires des
particuliers qui fe paffoient dâs la ville. En fin, ii
guerit entierement, chaqu'vn prefumoit qu'il
euft perdu fes mauuaifes couftumes puifqu'il fe
rendoit communicable, durant la clarté du iour
qui luy eftoit auparauant fi odieufe : mais il re-
tomba incontinent dans ces vieilles erreurs; Le
earneual ytrina qui le mit en débauche:il fit de
nouuelles proteftations d'inimitié contre les
heures du iour, & confirma par vn ferment fo-
lénel, l'alliäce immortelle qu'il auoit faite auec
celles de la nuiét:Et le foir du Dimanche,quele

vulgaire appelle gras, parce que les excez de la
gourmandise & de l'yurongnerie sont alors en
leur plus grande vogue, il se trouua en vn souper où il y auoit abondance de viandes piquantes & propres à irriter la soif, comme aussi de
toutes sortes de vins delicieux, & capables d'exciter l'enuie de boire aux plus sobres; & apres
que la compagnie eut employé plus de quatre
grosses heures à farcir leurs ventres des mets
diuers qui se trouuerent là, ils se mirent à char-
penter la reputation de plusieurs gens de bien,
& mesmes à detracter des choses les plus deffen-
duës. Et d'autant qu'il y auoit des personnes
dans cette assemblée, dont la presence estoit sus-
pecte à Don Lucifugue, il se dérobe pour aller
chercher vne conuersation qui luy fust plus
agreable. Il prend donc pour escorte, son espée
& sa rondache, & s'en va par les quartiers les
plus écartez de la ville, tirât à vne maison d'aca-
demie, non pas de vertu, mais de vice, en laquelle les vns plumoient les pigeons, & les autres
piquoient l'honneur iusques au sang. Don Lucifugue estoit fort expert en ce second mestier:
plus meschant mille fois que l'autre, combien
qu'il en fist moins de scrupule, parce que sans
hasarder son bien, il n'y perdoit que celuy d'autruy. Il n'eut pas fait la moitié du chemin qu'il
auoit entrepris, quâd il se rencontra deuant vne
maison inconnuë, dont la porte estoit ouuerte, &
où l'on voyoit goute, Luy qui estoit curieux
d'épier les actions d'autruy, pour publier celles
qu'il en iugeoit dignes, met l'espée à la main,
sans toutesfois la tirer du fourreau, &

entre dans cefte maifon paffe par vne longue al-
lee, au bout de laquelle il fe rend dans vn grand
lieu vafte, & auffi fans clarté. Il s'arrefte tout
court, fe figurant que cefte negligence n'eftoit
point fans deffein : Et quoy qu'il iugeaft que ce
fuft temerité à luy d'entrer plus auāt, il ne laiffa
pas de vouloir tenter fa fortune : il y va taftonnāt
les murailles, & trouue vne porte à demy ouuerte, & venant à la pouffer & entrer dedans, il fe
trouue fur vne fauffe trape ou bacule qui le fait
tomber dix ou douze pieds de profondeur, mais
affez fauorablemēt, puifque tout le mal qu'il en
eut ce fut de perdre fon épee qui luy fortit de la
main en tombant, car il la lafcha pour effayer de
fe faifir & fe retenir à quelque chofe. En mefme temps il oüit vne voix qui fembloit venir de
plus loin que le lieu où il eftoit, qui luy demande, qui va là ? Don Diego étourdy de fa cheute
ne refpond rien pour ce premier coup , & comme il alloit traifnant les pieds parterre, effayant
de trouuer fon épee, cefte voix repete encore ,
qui va là? Luy, craignant qu'on le vinft charger
fans reconnoiftre, refpondit, c'eft vn hóme feul.
Si c'eft vn homme, repart la voix, il peut entrer.
Alors Don Diego commença à fe repentir de
s'eftre mis dans vn fi effroyable labyrinthe
fans en pouuoir trouuer l'iffuë, mais fon deftin
le tira de cefte confufion pour le ietter dans vne
plus grande. Se voyant engagé à paffer outre,
il s'auance deuers la voix qu'il auoit ouye, &
entre dans vne grande fale, où d'abord il void
quatre petites lampes , penduës aux quatre
coins du plancher , qui rendoient vne lueur fi

peu claire, qu'il eut peine à distinguer les autres
choses qu'il trouua dans ce lieu là : il va plus
auant, & apperçoit comme vne representation
de deux hommes habillez de noir ; & en penitents, assiz chacun dans vne chaire, l'vn apuyé
sur sa main & en posture de sommeillant, &
l'autre de veillant, qui sembloient accompagner
le corps d'vn trespassé qui estoit à leurs
pieds, vestu d'vn habillement de Capucin, & estendu par terre sur vn drap mortuaire.

A ce funeste spectacle, Don Diego fut vn peu
esmeu de frayeur, mais apres auoir souffert cette
premiere foiblesse, il r'anime peu à peu sa vigueur. Cependant le dormeur s'esueille, & parlant auec son compagon, se mirent à question-
ner nostre Auenturier : Es tu pas, dirent ils, celuy qu'on appelle le seigneur Don Diego! Ouy
ie le suis, répond il, mais comment sçauez vous
mon nom? Ne t'informe pas de cela, repartirent
les autres, auec vne parole assez fiere, responds
seulement à nos interrogations, car de là des-
pend plusieurs choses que nous deuons faire cete
nuit. Don Diego entendant ces paroles ne sçauoit à quoy se resoudre, il blamoit son impertinente curiosité, mais en fin se resoluant hardiment à tout ce qui luy pourroit arriuer, il reprit la parole & dit à ses enquesteurs : Et bien
que faut-il faire, ie suis D. Diego, & vous des Demons. Il semble qu'il nous connoisse, dit l'vn
de ces deux à l'autre. Il faut, luy respondirent-
ils, que tu demeures icy pour garder ce corps,
tandis que nous irons ailleurs vacquer à des

choses qui nous sont ordonnees:& quoy que tu
voyes ou entende ne t'estraye de rien. A l'instant,
sans attendre sa responce, ny son consentement
ils se leuent, & sortant par la porte la ferment
sur Don Diego. Luy se voyant seul auec ce
mort, se represente que c'estoit vn chastiment
celeste, & qu'il deuoit implorer la souueraine
misericorde en ceste occasion : Il se couure
tout le corps de signes de croix : & inuoque
l'assistance de la Vierge & des Anges:Car l'a-
uertissement que ces deux visions luy a-
uoient donné de ne se point estrayer, luy mettoient mille espouuentables imaginations dans
l'ame.

Il n'y auoit que fort peu de temps que ces
deux visions estoient disparuës, quand il ouit
de tristes gemissements, & des bruits de fers
comme si l'on eust traisné des chaines sur le plancher de ceste salle, qui n'estoit que de simples
aiz, & parfois des tintamarres si horribles qu'il
sébloit que toute la maison allast abismer Tout
cela luy donna de si terribles inquietudes qu'il
veut essayer à se sauuer;& s'enuallant vers la porte pour tascher à l'ouurir, il ouit vne voix cassé
& comme venant de fort loin, qui luy dit : Ou
pense tu fuir Don Diego? tourne, tourne, visage, il ne t'est pas encore permis de te separer
de moy:reuiens, ou ie te suiuray. Luy voyant
qu'il ne pouuoit sortir, se retourne, & void que
c'estoit le mort qui parloit à luy, disant, Sçache
que ie suis celuy à qui depuis peu de iours tu as
osté la vie auec tant d'inconsideration, & sans
iamais t'auoir fait aucune iniure. Cruel barbare,

penfe tu que le Ciel ne me vâge pas de toy? & que
quelque effroyable malheur ne t'acablé pour
chaftiment de ton crime? C'eft par fa prouidence, que tu as efté conduit icy, pour entendre mes
iuftes reproches : mais approche toy afin que tu
m'entende mieux.

Ce difcours là mit encore plus de terreur en
l'ame de Don Diego qu'il n'y en auoit auparaua-
uant, il cruft nayfuement que c'eftoit l'efprit de
Don Leandre, qui venoit de l'auttre monde pour
le tourmenter Neantmoins il s'aproche, & lors
le trépaffé continua fon propos. l'aduouë, dit-
il, que tu m'as tué en combatant contre toy, &
que i'auois les armes à la main : mais pour
n'auoir pas adonné ma jeuneffe à l'exercice de
l'efcrime, comme tu as fait, il te fut àifé de
me vaincre, mais il faut maintenant que tu
m'en faffe raifon : çà, luictons corps à corps,
à condition que fi tu me jettes par terre, ie te
promets non feulement dene t'inquieter iamais,
& auffi d'empefcher que pas vn de mes compagnons le faffent. Mais fi ie fuis auffi ton
vainqueur, tu feras tenu de venir tous les ans à
pareil iour que celuy de ma mort, paffer la nuict
dans le cimetiere, & fur la foffe ou ie fuis enterré. Don Diego voyant que la partie n'eftoit pas
égale, luy refpondit qu'il n'y auoit guere d'apa-
rence qu'il deuft accepter le défi, ny efperer de
furmonter vne force fpirituelle auec vne foiblef-
fe humaine : Neantmoins, confiderant en foy-
mefme que c'eftoit là vne occafion pour rendre vne pienne fignalée de fon courage, il
accorde le combat, & fe met en la plus

ferme posture qu'il put , pour resister aux efforts de son aduersaire : alors , le mort se leue auec son habit de Capucin, & parut plus grand que l'ordinaire hauteur d'vn homme , & à l'instant les quatre lampes du plancher tombent esteintes par terre.

Ce fut à ce point la que Don Diego se sentit vne sueur froide par tout le corps , saisi d'vn grand tremblement , & si fort hors de soy qu'il demeura comme insensible.

En mesme temps que ces lampes tomberent le mort se lance si furieusement sur le pauure Don Diego qu'il le jette par terre à trois pas de luy comme s'il eust esté mort, car il demeura éuanoüy vne bonne heure tant à cause de l'effroy que de la cheute. Côme les esprits luy furent reuenus, il ne sçaupit en quel monde il estoit: en fin , apres auoir repris vn peu de vigueur il se met en son seant, & s'aperçoit qu'il estoit iour: Il regarde autour de soy, & ne void que lesquatre murailles; il se leue debout, & cherche quelques vestiges de ses visions passees , mais il n'en void aucune apparence, non pas mesme deslampes qu'il auoit veuës tomber par terre.

Le iour qui s'augmentoit , & son courage quant&quant, luy donna l'enuie de visiter ceste maison , comme il fit haut & bas, mais il n'y trouua rien que ce qu'il y auoit apporté, qui fut son espée, laquelle luy auoit manqué aubesoin, Il sortlaporte de ce domicile de fantosmespour se retirer au sien , auant que le iour fust plus grand. Il eust bien voulu s'informer du voi-

finage, à qui apartenoit cette maison, & pour
quoy elle n'estoit point habitee, mais il estoit
encore si matin, qu'il ne vid personne à qui le
demander.

Sans doute, disoit-il, cette maison est aban-
donnée aux Lutins, personne n'y oze habiter: &
ie m'estonne que dans la ville de Madrid, où le
Roy fait son ordinaire sejour, on ne pense pas à
donner remede a ces choses-là, qui peuuent
apporter de grāds inconueniens au public: Mais
à qui puis-je conter cette auenture estrange, qui
ne s'en mocque, & n'estime que ce soit vne res-
uerie d'esprit malade? Il n'en faut rié dire, aussi
bien ne me croiroit-on jamais. Neantmoins il
me fasche fort d'enseuelir dās le silence, le recit
d'vn rencontre si merueilleux.

En raisonnant àinsi, il arriue chez luy, où il
entre sās heurter, comme il auoit accoustumé,
auec que sō passe-par-tout, & se met au lit pour
se reposer de la fatigue passee. Enuiron les quatre heures de soir, Amāzor entre dans sa chaim-
bre & l'éueille. Ha Dieu, luy dit Dan Diego,
en faisant vn grād soûpir, vous m'auez tiré d'v-
ne extreme confusion. Comment Mēsieur: dit
Amanzor. I'auois, répond-il, l'esprit tourmēté
d'vn fascheux songe, causé d'vn efroyable rencontre que i'ay faitla nuit derniere: & lors donnant à Amanzor curiosité de s'en enquerir, il
luy en fait le recit tout au long. Amanzor qui
auoit toûsiours l'esprit adonné aux contempla-
tions, luy dit que c'estoit des fauorables aduer-
tissemens du ciel, pour l'obliger à se recognoistre; qu'il prist garde à ne les pas negliger, de

peur que ceste douce admonition, ne se conuer-
tist en rigoureux châtiment : & que Dieu qui
le traitoit presentement en pere indulgent, ne
deuinst vn bourreau cruël, pour le punir des
excez qu'il commettoit iournellement. Que le
sang de ce Caualier qu'il auoit tué depuis peu,
& auquel il pretendoit rauir l'honneur, & le
rendre infame aux yeux du monde, auoit de-
mandé vengeance à Dieu de ses iniures. Qu'il
estoit temps de se reformer & d'abandonner les
folies : qu'il luy faloit dessiller les yeux & chercher la lumiere de sa raison, parmy celle du iour.
s'il ne vouloit à iamais estre estimé autant av...
gle de l'ame côme il l'estoit du corps, puis q...
portoit tant de haine à la clarté: qu'il deuoit
faire profiter le talent que Dieu luy auoit donné:
qu'il faisoit tort à soy-mesme & au public quant
& quant estant de côdition & de merite, pour se
voir employé dans les charges honorables, d'où
l'vn & l'autre pourroit retirer beaucoup d'vtilité : qu'il s'estoit trouué en des occasions, où il a-
uoit fedudes pre uues de son courage, & qu'a l'a-
uenir il deuoit rechercher des sujets pour témoigner qu'il auoit autant de prudéce que de valeur.
Amanzor ayant ainsi parlé, demeura fort satis-
fait d'vne si longue audience : il croyoit déjà a-
uoir soumis D. Diego, & repris l'empire qu'autrefois il auoit eué sur luy. Ceste opinion fut
fortifiée par la répôce qu'il luy fit. Mô cher maistre, dit-il, & que ie puis apeller mon secôd pere,
pour vous auoir autât d'obligatiô qu'à celuy qui
m'a engendré, i'auoüe qu'il est temps de renon-
cer à mes extrauagances, & de quitter la vie

hontouse que i'ay fait iusques à cette heure,
pour embrasser genereusement la vertu, ie veux
surmonter toutes ces mauuaises inclinations,
& pratiquer desormais tous les bons conseils
que vous me donnerez : pardonnez donc aux
insolences que i'ay commises, lesquelles vostre
prudence à tousiours supportées, & vostre affection excusée. Il est vray que ie me suis trouué cette nuict dans vn grand danger, mais à con-
siderer comment ie m'y engageay, on peut dire que le Ciel m'a fait grace, & que ie pouuois
tomber dans vn plus grand malheur. O misericorde diuine, combien vous suis ie redeuable: &
combien vous doy-ie de loüanges! m'ayant tiré
d'vn peril si étrange , & duquel ie ne pensois iamais sortir. Cesvifs ressentimens surent accom-
paguez de larmes, qui firent iuger à Amanzor,
que Don Diego le reprentoit de ses excez, & esperer qu'à l'aduenir il s'amenderoit.

Ils estoient sur ces discours, quand on vint
heurter à la porte du logis, Don Diego ne
voulut pas qu'on allast ouurir, voulant par le
silence, obliger celuy qui heurtoit des'en retourner, afin d'éuiter toutes les occasions qui
le pouuoient diuertir de la bonne proposition
qu'il auoit faite , car parce que la nuit approchoit, il crût que c'estoit quelqu'vn de ses con-
noissances qui le venoit debaucher; Plus Don
Diego estoit resolu de ne point ouurir sa porte,
& plus celui qui estoit dehors s'éforçoit de heurter, & n'estant pas content du bruit que faisoit
le marteau, il frappe auec vn gros caillou: en fin
Diego importuné de ce tintamarre, enuoya ou-

tir. Il void incontinent entrer vn certain matelois de ses anciens camarades, auec vn rire contraint, dissimulant le mescontement qu'il auoit d'estre demeuré si long-temps à la porte. Ils s'entre-saluerent plus courtoisement qu'ils ne souloient faire, car l'humeur serieuse où estoit Don Diego, obligea l'autre à faire plus de ceremonie qu'il n'auoit accoustumé.

Don Antonio, ainsi s'appelloit cét homme, luy demanda comment il auoit passé le carneual, en quelles compagnies il s'estoit trouué, & comment il acheueroit le reste des iours gras. Amázor estoit là, qui détestoit contre les questions de celuy-cy, craignant qu'il ne remist Don Diego dans le chemin d'où il pensoit l'auoir osté. Pour moy, continant Don Antonio, plus attentif à releuer & filer ses moustaches, qu'aux propos qu'il tenoit, ie manquay la nuit passée, à prendre vn homme que vous connoissez, dans vn piege que ie luy auois tendu, mais ie l'attraperay pourtant tost ou tard, & s'il me fait reculer, ce sera pour mieux sauter. Comment respond Don Diego qui est celuy-là? C'est, repart l'autre, ce Gentil-homme Cordouais que vous appellons le Cheualier Don Diego, tant parce que il s'estime si noble, que pour mettre difference entre luy & plusieurs autres de nos amis qui portent ce nom de Don Diego, comme vous, nous l'appellons le Cheualier. Celuy-cy donc se laissant trop emporter à la vanité, s'est déclaré amant d'vne certaine damoiselle, fort belle & fort riche, fille d'vn Aduocat du souuerain senat, lequel pour estre excellent Orateur, & fort employé

ployé

ployé, s'est aquis le nom de bouche & de bourse d'or : Et sans auoir encore communiqué ses
amoureuses santasies à cette damoiselle, il la suit
par tout, il en fait le ialoux & le passionné & se
vante en toutes compagnies auoir suiet, & d'e-
stre aduoüé de cette recherche, & d'en esperer
vne fin heureuse : la presomption est ordinairemēt
le vice des sots.

Il faut sçauoir que les fenestres de cette damoiselle regardent sur vn certain cimetiere, ce
qui a donné occasion à plusieurs de dire qu'elle
logé-là, à dessein de mettre dans vn mesme sepulchre, tous ceux à qui les traits de ses yeux
touchent le cœur Ce Cheualier a vn riual beaucoup plus sauorisé que luy des graces & de la
fortune : & aussi, plus estimé de cette beaute
dont nous parlons, lequel pour empescher les
continuelles pourmenades que le Cordoüais
faisoit au tour de la maison de sa maistresse, &
auoir plus de liberté de le voir les nuits comme
il luy estoit permis, s'aduisa de luy mettre quelque trayeur dans l'esprit, car il auoit ouy dire,
qu'il estoit vn peu poltron, & qu'en vn certain
combat où il s'estoit trouué il auoit plus ioué
des pieds que des mains.

Il luy dit donc vn iour, & en ma presence,
que depuis peu de iours, on auoit enterré vn
homme dans ce cimetiere, qui pour auoir esté de
tres-mauuaise vie, se pourmenoit là toutes les
nuits enuiron sur les trois heures, en traisnant
des chaisnes & faisant des gemissements si effroyables que tous ceux qui se rencontroient là
en mouroient de peur : mesme, que la plusspart

E

des locataires & inquilins de maison voisines,
s'en alloient loger ailleurs les vns apres les autres, ne pouuant plus suporter ces frayeurs :
qu'il luy auoit bien voulu donner cét aduis: car
encore qu'il fust son competiteur : il desiroit en
cette occasion luy témoigner qu'il estoit son seruiteur, & qu'il seroit fasché de luy voir arriuer
du mal faute d'auertissement : enfin, qu'il luy
conseilloit de se retirer de bonne heure tous les
soirs, comme il feroit luy-mesme, se promettant
d'vser le premier, du conseil qu'il luy donnoit, &
de viure desormais auec plus de chasteté & de
modestie qu'il n'auoit fait.

De ma part i'employay mes petites persuasions pour luy imprimer ces aprehensions là
dans l'esprit, mais le compagnon, qui n'estoit
pas si sot que nous pensions se moquoit de nos
discours & de la fourbe de son riual, & là dessus,
se mit à nous faire des contes de ses proüesses,
seulemét imaginaires & non pas effectiues, pour
nous faire cognoistre qu'il ne craignoit rien, &
que les esprits de l'autre monde n'estoient pas
capables de l'épouuenter. Nous le laissons dás
cette belle humeur, & nous retirasmes en nous
regardant l'vn l'autre, honteux d'auoir si mal
reussi en nostre projet. Mais le desir que i'auois
déprouuer sa hardiesse, & de faire quelque es-
corne a ce preux Cheualier, me fit resoudre de
passer mon carneual, à chercher quelque inuention ridicule pour l'attraper & nous mocquer
luy.

Le tout que ie luy voulois iouer, ne me f
pas difficile à inuenter, mais il me faloit tro

her ds gens d'esprit pour l'executer, de peur
que la mauuaise conduite de l'affaire ne retour-
nast à notre confusion. I'ay vne maison en la
rüe de la pomme, quartier assez reculé, laquelle contient beaucoup d'apartemens, & où
trois ou quatre petits ménages se peuuent accommoder. Il y a enuiron huit iours, que ceux
qui l'habitoient firent vn trou à la nuit, & me la
laisserent sur les bras, emportant les loyers d'vn
terme qu'ils me deuoient, & combien qu'il soit
presenté plusieurs personnes qui auoient enuie
d'y demeuret, & de me payer le loüage par aduance, parce que la maison est fort commode,
i'ay tousiours diferé à clorre le marché auec eux
parce que ie m'en voulois seruir de theatre, pour
la comedie que ie preparois à Don Diego le
Cheualier, & qui se deuoit ioüer la nuit passée:
ie vous vay dire mon inuention.

Enuiron vne heure apres minuit ie menay
dans cete maison trois ieunes hommes qui venoient de sortir des Vniuersitez, gens de bon esprit & de grande adresse, & leurs fais entendre
qu'vn de mes amis & moy auions enuie par leur
entremise d'éprouuer le courage d'vne certain
vaillant, qui s'estoit vanté de ne rien craindre
des esprits & visions nocturnes, qui aparois-
sent quelque fois aux hommes. Les ayans ainsi
instruits de mon dessein, ie leur fournis les habillemens dont ils se deuoient vestir, & les menay dans la selle destinee pour la farce, qui estoit
fort enfoncee dans le logis. Entre ces trois ieunes hommes il y en auoit vn plus haut que moy
de toute la teste : iugez vn peu comme il estoit

E 2

grand , car ie ne suis pas des plus petits : au reste
bien proportionné de membres & de taille , &
fort comme vn Sanson, Celuy-cy deuoit estre
habillé en Capucin , & estendu par terre sur vn
drap noir , representant vn trépassé : les deux
autres estoient vestus de noir , comme des confreres penitents , le visage tout couuert, excepté
les yeux, lesquels gardoient le trépassé, estant assiz chacun dans vne chaire. Aux quatre coins du
plancher de la salle il y auoit quatre petites lampes pendües , qui rendoient vne lumiere beaucoup plus affreuse que les tenebres.

Ayant disposé tout ce mystere ainsi que ie le
vous conte, ie dis au trépassé & à ses gardes, que
ie leur allois enuoyer le personnage dont ie leur
auois parlé , & que des qu'ils l'entendroient entrer ils luy demandassent s'il s'appelloit pas D.
Diego : qu'ayant dit ouy, les deux gardes sortiroient & l'enfermeroient tout seul auec le mort,
qui feindroit representer vn homme que le Cheualier auoit tué auec supercherie : qu'il luy de-
manderoit raison de cét outrage, & luiteroit
contre luy : enfin, ie leur dis, que s'ils trouuoient
de quoy ajoûter à l'inuention , ils le fissent librement, estant fort asseuré qu'ils l'executeroient
auec adresse : & qu'à tout hazard il le faloit é-
tourdir ou troubler par quelques moyen, afin que
le trépassé & ses compagnons se peussent ensuyr
& le laisser là. Mais par malheur tout cét aprest
n'eut aucun effet : ainsi que i'allois trouuer Don
Diego pour le piquer de hardiesse & le désir
d'aller en mon logis, que ie luy deuois faire entendre estre abandonné, à cause des esprits qui

y reuenoient, ie fus arresté par quatre archers, qui me menerent deuant le Preuoft de la Cour, pour declarer ce que ie fçauois d'vn certain cri-me, pour lequel vn de mes amis eftoit enpeine. Ie m'excufay auec les plus fortes raifons dont ie me pûs auifer, difant qu'il m'eftoit impoffible de rendre aucun tefmoignage de ce qu'on me de-mandoit, pour n'en rien fçauoir ? mais le Iuge fouftenant le contraire, plein de iufte indigna-tion, m'enuoya prifonnier, deffendant qu'on me laiffaft parler à perfonne, de peur que ie ne don-naffe des aduis à la partie accufee : & vn Prince mon bien-faicteur ayant fceu ma difgrace, & vfant de fon pouuoir, me vient de faire mettre en liberté : ie n'ay veu que vous depuis que ie fuis forty de la prifon, & en fortant d'icy ie m'en vay chercher ces ieunes hommes, acteurs de la piece preparee pour mon Cheualier : pour fça-uoir iufques à quelle heure ils ont attendu : Sans doute ils feront faſchez contre moy de leur auoir fait paffer nuit dans cefte momerie, & croirôt que la moquerie auoit efté difpofee pour eux, & non pour vn autre.

A mefure qu'Antonio faifoit ce difcours, Don Diego reconnoiffoit l'origine de fon malencon-tre, aduenu tant par fa curiofité impertinente que par l'equiuoque des noms de Don Diegos : & admirant la rareté du rencontre, il découure ce qui luy eftoit aduenu à Antonio, auec autant de naïfueté & de gaufferie, comme s'il euft par-lé d'vn autre que de foy. Antonio faifoit des fi-gnes de croix & des actions d'eftonnement, ne pouuant croire qu'il dit vray, mais Don Diego

E 3

luy ayant iuré, & pris Amanzor pour témoin, de
ce qu'il luy auoit dit auparauant, il demeura
quelques moments fans parler, fâché de ce que
le fort eftoit tombé fur vne perfonne qu'il honoroit comme vn de fes intimes amis. Don Diego
Lucifugue, luy dit qu'il ne luy en vouloit aucun
mal, & qu'il voyoit bien que le piege n'auoit pas
efté tendu pour luy. Alors Don Antonio, pour
s'affeurer dauantage de la franchife de Don Diego, le pria d'aller fouper chez luy, ce qu'il luy
accorda de bon cœur : & en entrant chez Antonio, ils aprirent que celuy qui auoit contrefait
le mort, s'eftoit caché dans la maifon d'vn Ambaffadeur, croyant que celuy contre qui il auoit
luité fuft demeuré mort de frayeur. A l'inftant
ils luy enuoyerent dire qu'il pouuoit fortir en
toute liberté, & que s'il vouloit bien rire, qu'il
vint fouper auec eux, où il aprendroit vne plai-
fante hiftoire. Il ne manqua de venir auec le
maffager, & parlerent enfemble du rencontre. Dõ
Diego fe retira de fort bonne heure, au grand
contentement d'Amanzor, attribuant cela à fes
bons confeils, & à l'effet de la conftante refolu-
tion que Diego auoit faite de viure autrement
que par le paffé.

ADVENTVRE CINQVIESME.

LEs solemnitez publiques du carnaual
estant cessées, le caresme fit son entrée ; auec vn visage extremement
odieux, à ceux qui auoient fait le plus
de bébauches. Don Diego ne le trou-
ua pas tant desagreable, les mortifications qu'il
auoit endurées, tandis que les autres banque-
toient & jouoient, & les resolutions nouuellement prises de reformer sa vie, l'auoient disposé
à faire vne humble & courtoise reception au
Mercredy des Cendres.

Amanzor qui ne l'abandonnoit point, employoit toute sa science & son experience, pour
moderer les mouuements violents de sa jeunesse,
& pour bannir de sa maison tous ceux qu'il iugeoit capables de luy rauir le fruit de sõ labeur.
En effet, à peu de iours de là, on vid vn si grand
changement aux mœurs de Don Diego, que ses
meilleurs amis eurent sujet de rendre graces au
Ciel, comme l'auteur de cette merueille. Tout
le long du caresme, il ne fit que des œuures de
pieté, tantost il alloit aux predications, tantost
aux hospitaux;& tantost aux prisons, où il faisoit de grandes charitez. Il visitoit secretement
des pauures familles, que la honte de

faire paroiſtre, leur neceſſité retenoit dans vn
ſilence ou ils enduroient d'extrémes peines :
bref il viuoit de telle fa çon, que chacq'vn admiroit en ſa perſonne, les vertus d'vn bon Chre-
ſtien, & celles d'vn genereux Caualier.

Mais comme la perſeuerence aux bonnes a-
ctions eſt vne vertu rarement pratiquée entre les
courtiſans, Paſques eſtans venuës, & le printemps commençant à réueiller les compagnies
& les anciennes habitudes , il fut viſité de ſes
familieres connoiſſances, au grand déplaiſir d'A-
manzor, parce que peu à peu elles firent prendre
l'eſſor à ſon oyſ   qu'il auoit mis en mue. Vn
iour ils le menoient pourmener, vn autre ils le
conuioient à vne collation, & tantoſt à vn ſou-
per, ſe retirant toutesfois de fort bonne heure
chez luy, & vſant du iour & de la nuict comme
font les honneſtes gens : Mais à force de fre-
quenter ſes camarades , d'aller & venir deça &
delà , il ſe remet inſenſiblement dans ſon premier train. Ses pourmenades anticipoient touſ-
jours petit à petit ſur la nuit , enfin, elles paſſe-
rent les bornes de la ciuile retenuë: il s'abandonne tellement à ſes libertez & aux affections qu'il
portoit aux tenebres, que l'Aurore le trouuant
quelquefois à découuert le traittoit comme les
plantes & les fleurs , verſant deſſus luy des ro-
zees, vn peu trop abondantes & trop humides
pour ſa ſanté.

Ayant donc imperieuſement conjuré l'eſprit
d'Amanzor qui vouloit rompre le cours de ſes
mauuaiſes inclinations, il renonce au nouiciat
de ſon obeiſſance , & r'entre de plus belle dans

ses premiere humeurs. Il prend son escorte ordinaire, qui estoit vne espee & vne rondache , &
sur les neuf à dix heures du soir s'en va au sejour
des friuoles & fabuleuses cajoleries , au lieu, dis-
je, où les pipeurs au ieu d'amour , les dames &
les courtisans de Madrid ont éstably leur acade-
mie, ou bien leur cours , que le vulgaire appelle
la prairie, mais qui seroit plus proprement nom-
mee la place marchande, où l'on tient la foire des
negoces de Venus. Que s'il se trouuoit en ce
siecle vn Philosophe qui entendist le murmure
des fontaines, comme autrefois il y en eut vn qui
comprenoit celuy des oyseaux , il pourroit, en
escoutant le gazouillement des sources de
ceste prairie, apprendre vne infinité de secrettes
histoires , & prendre matiere pour composer
des　volumes　infinis　de　curieux Ro-
mans.

Don Diego s'estant auancé enuiron deux cens
pas, s'arreste tout court pour voir passer vn carrosse qui arriuoit-là, roulant aussi lentement que
s'il eust mené vne Imperatrice. Il s'aproche de sa
route & aperçoit à la portiere vn jeune homme
qui chantoit , auec vne voix qui ne deuoit pas
faire ouurir le paradis à celuy qui la poussoit
hors de son sein , car elle estoit fort injuste , Il
suffiroit de dire pour faire connoistre ce defaut,
que c'estoit vn faulset : il est vray qu'en recompé-
se elle estoit associee auec le son d'vne guitarre
qu'il touchoit fort ignorämét & mal d'accord.
Ce carrosse s'arresta deuant vn cercle de Ga-
ualiers & de Dames , assis auprez d'vne ce ces
fontaines , ou cet orphee sauuage (propre à

mener les ames aux enfers & non pas à les en retirer) ſe mit éffrontément à chanter:)mais à peine eut-il commencé, qu'on le remercia de tant
de gentilles gauſſeries, qu'il fut contraint de
faire la tacer,& ſe retirer promptement. Ce pauure chantre, eſtoit page d'vn malheureux Mon-
ſieur, qui preſidoit dans ce carroſſe. Ie me meſ-
prens de l'appeller malheureux, puis qu'il ſouf-
froit ce martyre dans ſa maiſon, &ſà ſes deſpens,
car s'il l'auroit pris par mortification, il ſe pouuoit eſtimer bien-heureux.

La compagnie qui auoit ſi heureuſement chaſſé
cét ennemy du ſens de l'oüie, railloit encore ſur
ce ridicule ſujet, quand ils en furent diuertis,
par les doux accents d'vne voix angelique, qui
ſembloit ſortir de la bouche d'vne femme, laquelle adouciſſoit l'aigreur que le page leur
auoit laiſſée;Ilsſe leuent tous pour s'aprocher du
carroſſe où elle eſtoit, & commençant à l'apper-
ceuoir ils ouyrent qu'elle recitoit ces paroles.

Ce n'eſt pas ſeulement l'amoureuſe douleur
Qui ternit ainſi ma couleur,
En mes ardans accez,la triſte ialouſie
A mon ame ſaiſie.

Mes deſirs aueuglez me donnent cét aſſaut,
Pour auoir aſpiré trop haut,
Car la cauſe qui vend ma raiſon inſenſee,
Surmonte ma penſee,

Dieu quel allegement puis-ie donc receuoir,
 Si l'esprit ne peut conceuoir
Les celestes beautez de l'ob, et sans exemple,
 Dont mon cœur est le temple?

Bien que ses fiers dédains m'oftent le fentiment,
 Son bel œil peut licitement,
Se vanter d'auoir veu s'animer ma conftance
 Dans son indiference.

Les deffeins de languir en cette paffion,
 Limitent mon ambition;
Pour vn tourment fi doux , que tout le Ciel
 m'enuie,
 L'ame a trop peu de vie.

Cette harmonie charma les fens de tous les
auditeurs:Ceux mefme dont l'humeur afpre re-
pugnoit auparauant aux douceurs de cét art, en
demeurerent enchantez. Le caroffe fut incontinent enuironné de plufieurs perfonnes , entre
lefquelles il y eut vn galand qui en aprocha, iufques à s'appuyer hardiment fur la portiere où
etoit cette Vranie. Il fembloit à voir fon action ,
qu'il euft quelque licence particuliere d'en vfer
ainfi: car cette damoifelle, ny fa mere qui eftoit
auprés d'elle, ne fe fcandalifoient pas de cette
priuauté. Peut eftre auffi que cette mere auparauant grondeufe , côme font la plufpart des vieilles , auoit efté graiffée, auffi bien que les roués

du carroſſe, pour faire moins de bruit.

Il y auoit-là pluſieurs autres jeunes hommes peu experimentez qui euſſent bien voulu entreprendre la meſme familiarité, mais leur grande jeuneſſe les rendoit timides. Comme ils alloient & venoient autour de ce carroſſe, voicy arriuer tout échauffé, vn certain Gentil-homme moins ſcrupuleux que ceux-cy, lequel épris d'amour pour cette jeune dame, l'auoit ſuiuie depuis ſon logis iuſques à la prairie : Il s'aproche & void qu'elle parloit à ce Caualier qui ſembloit en faire vanité deuant ce monde qui l'enuironnoit, ce qui dépita ce nouueau venu, lequel regardant autour de ſoy apperçoit Don Diego Lucifugue qui eſtoit ſon amy : Il le ſaluë, le tire à part, & luy declare l'enuie & la jalouſie qu'il auoit conçeuë contre cét homme : que ſes geſtes luy déplaiſoient, & qu'il luy prenoit fantaſie de le quereler. Mais Don Diego, qui eſtoit plus capable de donner conſeil à autruy que d'en prendre pour ſoy, apaiſa l'emotion de cét éſprit boüillant, qui cedant à ſes raiſons demeura dans la modeſtie pour vn peu de temps.

Sur ces entrefaites, noſtre Auenturier vid paſſer trois Gentils-hommes marchant d'vn pas fort deliberé, & comme querellant enſemble, entre leſquels il creut auoir oüy parler vn de ſes amis, & deſirant s'éclaircir ſur cette opinion, afin d'eſſayer à le ſeruir s'il en auoit beſoin, il donna ſa guitarre à garder à celuy qui l'auoit acoſté, & s'en va apres. Celuy cy qui eſtoit attentif à conſiderer l'action de ſon riual, ne prit pas garde à celle de Don Diego, il le laiſſe aller ſans s'offrir de l'accompagner.

Cependant cette damoiselle qui de sa belle
voix auoit rauy ses auditeurs, fut priée de tous
ceux qui estoient auec elle, de chanter encore vn
couple d'airs, & desirant témoigner sa cour-
toifie, elle prend sa guitarre, où par malheur il
se trouua deux cordes rompuës : elle se met à faire des excuses de ne pouuoir contenter leur enuie : alors, l'amy de Don Diego se trouuant sa
guitarre à la main fort bien ajustée, s'aproche du
carrosse & la presente à cette damoiselle : à l'instant celuy qui estoit apuyé sur la portiere, sans
regarder l'autre, se leue & repousse dédaigneu-
sement le bras & la guitarre, L'amy de nostre A-
uanturier, qui ne cherchoit qu'vne occasion, &
qui estoit comme vne matiere preparée à prendre le feu de la colere, trouua de l'insolence en
cette action, & pour la chastier, il se seruit du
bras & de l'instrment qui auoient esté offen-
cez, il en donna deux furieux coups sur les oreilles du sauory, qui estoit nud teste, & mit la guitarre en pieces, luy faisant faire vn son moins
doux que quand Don Diego la touchoit, & met
quant & quant l'espee à la main, comme firent
aussi tous ceux qui se trouuerent là : iusques à
des Archers qui se rencontrent souuent à telles
heures dans la prairie, à cause des querelles qui
y arriuent, où il se perd quelquefois de braues
hommes. L'agresseur se voyant seul parmy tant
de gens inconnus, se sert ingenieusement de la
faueur de l'obscurité, il se mesle dans la presse, de peur d'estre recönnu, & s'éuade sans dire mot.

Le carroſſe qui auoit eſté l'origine de ceſte rumeur, fit en qualité de Muſicien, vne fugue ſi di-
ligente, par le moyen des quatre cheuaux, dont
il eſtoit attelé, que quand les officiers de Iuſtice s'en voulurent ſaiſir, pour le rendre reſpon-
dant de leurs vacations, ils ne ſceurent qu'il
eſtoit deuenu : Chacun s'écartoit & ſe ſauuoit
deçà & delà, quand Don Diego reuint de courre apres ces trois gentils-hommes, croyant
qu'il y euſt vn ſes amis : Le voila fort étonné
d'vne ſi ſubite émotion ſans ſçauoir qui l'auoit
cauſee : il cherche par tout le depoſitaire de ſon
inſtrument, & ne le trouuant point il craint que
ſa guitarre ne ſoit pas traitee ſelon ſon
merite, car c'eſtoit vne des meilleures & plus
curieuſes pieces de ſon temps. Tandis qu'il en
plaignoit l'abſence elle eſtoit toute breſillee
entre les mains du Iuge ſuperieur des actions
criminelles, qui commençoit à s'informer de
celle cy, interrogeant le bleſſé, qui ne pouuoit
dire qui l'auoit frapé, parce qu'il ne le connoiſ-
ſoit pas. L'obſcurité fut cauſe de la confuſion
où ſe trouuerent les archers, prenans les premiers qu'ils rencontroient, ſans faire difference
des coupables & des innocens.

On fait viſiter le bleſſé par les Chirurgiens,
qui rapportent que la bleſſeure eſtoit tres-dange-
reuſe, & digne d'eſtre penſee auec beaucoup de
ſoin & d'experience ; ils font touſiours le mal
lus grand, afin que l'on eſtime dauantage leur
cure, & qu'ils en ayent auſſi plus d'argent. Don
Diego auoit paſſé deux iours ſans ouyr nouuelles de ſon cher inſtrument, & voyant qu'on ne

luy en faisoit point restitution , il s'enva chercher celuy à qui il l'auoit donné: on luy dit qu'il
s'estoit absenté,& que l'on ne sçauoit pas quand
il reuiendroit:Il ne pouuoit deuiner cét enigme,
car il ignoroit la cause de son depart.

La perte de sa guitarre fut cause qu'il laissa
passer quelques nuicts sans faire ses poutmena-
des, ce qui donnoit sujet à Amanzor de viure
encore en espetance: il épioit toutes ses actions ,
essayant de découurir quelques indices d'amendement,mais il n'en pouuoit faire de iugement
solide : s'il auoit vescu trois iours dans l'ordre
commun,il passoit trois sepmaines dans le des-
reglement de ses vieilles habitudes.

Ce Caualier blessé alloit tous les iours en
diminuant,la playe s'irritoit par les remedes au
lieu de s'adoucir , la fiévre ne le quittoit point,
les Medecins & Chirurgiens n'en faisoient
point de bons prognostics: Le Iuge cependant,
qui taschoit de découurir celuy qui auoit commis le delit , n'en pouuoit venir à bout,
dont il se faschoit; soit , parce que le
blessé appartenoit à vn Ministre d'Estat, à qui
il desiroit tesmoigner des actes du respect qu'il
portoit à sa petsonne & à son authori-
té.

Comme chaqu'vn trauailloit à faire des perquisitions du criminel, vn certain Greffier malicieux, comme vn vieux singe exerçant ses yeux
de chat, en visitant par fois les ruines & reli-
ques de cette guitarre consignée entre ses
mains, pour voir si le nom de son maistre seroit écrit dessus , car il y a force jeunes gens

qui s'amusent à ces niaiseries-là, mais sa recherche fut vaine pour ce regard. Il est vray qu'il
prit tant de peine à rassembler les pieces l'vne
contre l'autre, qu'il tira quelque fruict de son
labeur, puisqu'il pust distinguer & reconnoistre
le nom de l'ouurier qui l'auoit faite. En pensant
auoir trouué la pierre philosophale, il s'en va
chez ce faiseur d'instrumens, & luy monstrant
le débris de la guitarre, la luy fit reconnoistre, &
mesme dit qu'elle apartenoit à Don Diego, ce
qui fut confirmé par vn compagnon du mestier,
& par son apprentif, qui trauailloient dans sa
boutique. Mais le Greffier n'estant pas content
de cette simple declaration les enuoya tous trois,
menez par des Archers, deuant le Magistrat, où
d'abondant ils reconnurent par serment, & par
écrit, la declaration qu'ils auoient desia faite; &
en outtre, il leur fit deffence sur peine de punition
corporelle, d'en donner aucun aduertissement, à
Don Diego.

La Iustice creut auoir trouué des indices suffi-
sans pour connaincre les delinquants, & les apli-
quer à la question en cas qu'il aduint faute du
malade. On fait chercher sous main où estoit
Don Diego, afin de le surprendre la nuit suiuät,
mais ce compagnon artisan d'instrumens qui
auoit trauaillé à la guitarre, & déposé contre
nostre Auenturier, se mocqua des protestations
qu'il auoit faites à la Iustice. Il le va trouuer, &
luy donne aduis de ce qui se machinoit contre
luy, & du piteux estat où il auoit veu l'infortunée guitarre. Il luy conta toutes les particularitez de sa mal'auenture, & comme elle auoit esté
brisé

brisée sur la teste d'vn gentil-homme dans la
prairie de Madrid; si bien que par cette ample
relation, & par l'absense de son amy, à qui il
auoit baillé ladite guitarré il put aisement deuiner le reste. Il fut grandement affligé du bris
que le vaisseau de sa guitarre auoit fait contre la
roche de la teste du pauure blessé, mais il eut
encore plus de déplaisir de l'éloignement de son
amy, iugeantque si le malade mouroit il le per-
droit pour iamais.

Puis reuenant à sa consideration particuliere
& à l'aduis qu'on luy venoit de donner, il dete-
stoit contre le Greffier auteur de son inquietude
Comment traistre, faussaire, disoit il, comme si
cét homme eust esté deuant luy, ose-tu bien con-
spirer contre ma reputation? as tu bien l'effron-
terie d'attaquer mon honneur, & d'entrepen-
dré de me faire aller rendre cópte de mes actions
deuant vn iuge? Quoy faut-il auiourdhuy
que ie sois soumis aux censures d'vn tel chican-
neur que toy, qui donne la forme aux delits, &
qui les augmente selon ton caprice & ta passion
Sans doute cette affaire est de grande conse-
quente, il en faut consulter auec quelque personnage doüé d'experience & de prudence, pour
auiser auecque luy, les moyens de preuenir le
scandale que l'on me prepare. Mais à qui puis-
ie mieux & plus promptement recourir qu'à mon
fidelle Amanzor?

Il parloit ainsi tout seul, quand Amanzor entre
dans sa chambre, il luy conte l'alarme où estoit
son esprit, & Amanzor sans plus grand delay-
assemble plusieurs porte-faix, & en peu de

ten ps fit transporter fes meilleurs meubles dans
la maifon d'vn Ambaffadeur qui demeuroit pres
de là. Le Secretaire de l'Ambaffadeur, amy in-
time d'Amanzor, & qu'il auoit pratiqué par le
moyen des eftudes & des liures curieux, fit mettre toutes fes hardes en lieu de feureté, & preparer vne chambre pour noftre Auenturier. Il
s'exépta par ce moyen des premieres foudres de
la iuftice ; car bien qu'il fuft innocent, il euft
beaucoup pâty pour, le coulpable abfent, ne defirant pas le charger, en fe déchargeant foy-
mefme des grands indices qu'il y auoit contre
luy.

Ces chofes ainfi difpofées, Don Diego, accompagné d'Amanzor, s'en va chez l'Ambaffadeur,
où il eft courtoifement receu de fon Secretaire,
qui ayant fait entendre l'hiftoire à fon maiftre,
l'obligea d'employer fon credit en fa faueur. Peu
de iours apres les Chirurgiens reconnurent vn
grand amendement aux playes du malade, ce
qui fut incontient mandé au Caualier abfent
qui en eftoit l'auteur, comme aufsi la peine où il
auoit mis fon amy, En fin le bleffé eftant reuenu
en conualefcence, l'abfent reuient fecrettement à
Madrid, où par l'entremife de perfonnes de
grande autorité du premier & fecond Eftat, il
fut propofé des conditions d'acommodement,
furquoy l'on difputa long-temps : mais la dame
enchanterefse, dont le chant auoit efté le motif
du mal auenu, interuint dans ces propofitions
& termina tous les diferens, donnant parole à
l'amy de nôtre Auenturier, qu'elle ofteroit peu
à peu à fon competiteur l'accez qu'il auoit pris

auec elle. Ainsi le battu paya l'amende , parce
qu'il estoit moins redoutable que l'autre, s'il est
vray toutefois que cette Dame effectuast la promesse qu'elle auoit fait.

Don Diego voyant son amy dans vne parfaite
satisfaction, voulut rechercher la sienne contre
le Greffier qui s'estoit disposé à l'affronter. Nostre Auenturier estoit fort enclin à la vengeance,
essayent tousiours quand il en entreprenoit
quelqu'vne , à la rendre publique, afin qu'elle
fust plus auantageuse. Donc pour paruenir à son
intentiō il prit accez par l'entremise de plusieurs
collations, auec de certains Espiegles qui frequē-
toient chez l'Ambassadeur (d'où Don Diego ne
vouloit point sortir qu'il n'eust attrapé sō Greffier) & lors qu'il iugea estre temps de prendre
iour pour executer son dessein , il assembla ses
Acteurs, qui estoient au nombre de sept , & leur
prepara vn souper où il n'epargna rien pour leur
faire bonne chere , & où ils beurent tant qu'il
leur plust à la santé de leurs amis : & parce que
ce fut vne action digne de memoire ie vous en
diray quelques particularitez.

Le premier brinde fut à la santé du maistre
d'hostel de M. l'Ambassadeur , qui leur fauorisoit l'azile de cette maison, contre la terreur des
archers & sergens. Le second, à celle du magni-
fique Don Diego : qui les défrayoit si souuent,
souhaitent l'augmentation de sōn bien, pour estre
employé en ces honnestes dépences. Le troisiesme, aux Procureurs & Aduocats, parce qu'entre
tant d'officiers , qui se meslent des matieres criminelles, ce sont eux qui deffendent les coupa-

bles , pourueu qu'ils ayent dequoy payer les
bourdes & les fourbes qu'ils inuentent , pour
aneantir la verité & faire valoir le mensonge. Le
quatriesme, aux Medecins,comme gens de leur
vacation, attendu qu'ils font meſtier de tuer,
combien que ce ſoit auec moins de riſque de
leurs perſonnes,parcequ'ils ne ſe hazardent pas,
& que toute les fois qu'ils veulent tuër quelqu'vn, ils n'y manquent iamais. Le cinquiéme ,
aux Fripiers qui déguiſent ſi proptement les
manteaux & chapeaux qu'ils enleuent la nuïct.
Le ſixieſme,aux Tauerniers & Hoſtelliers qui
les reçoiuent,qui leur donnent logis par les che-
mins,& qui leur aydent à faire leurs tours de
ſoupleſſe. En fin, ils heurent à tant de ſortes de
gens qu'il eſt impoſſible de les décrire icy. Et
pour concluſion du projet de Don Diego, il fut
arreſté,que la nuit ſuiuant, ils iroient tourmenter le malheureux Greffier,qui ne penſoit à rien
moins qn'à eux, voicy comment.

Quatre des plus déterminez de cette troupe
s'habillerent comme on figure les diables , &
fort épouuentablement repreſentez : & enuiron
minuit, paſſent par deſſus les murailles de la
maiſon du miſerable condamné,qui eſtoient ſur
vne ruelle, & entrent dedans : vn maſtin qui les
oüyt & ſentit,ſe mit à abayer,& éueilla le Greffier,qui fit leuer ſon Clerc pour voir d'ou procedoit le cry du chien:en ſortant de la chambre,il
rencontre ſur le degré ces quatre effroyables vi-
ſions tenant chaqu'vn vn flambeau de poix &
de terebentine allumez , qui rempliſſoient toute la maiſon d'vne tres-épaiſſe & puante

fumée. Ce garçó, fut si surpris de frayeur, qu'au
lieu d'aller rendre réponce à son maistre, il perdit
la parole & tombe éuanouy. Les Diables se iet-
tent promptement dans la porte qu'il auoit laiß-
ßée ouuerte, & vont droit au lit du chicaneur &
de sa femme, qui estans encore estourdis du premier somme, crurent fermement que c'estoit la
verité de ce qu'ils representoient, si bien qu'ils
furent saisis d'vne si excessiue frayeur, qu'ils de-
meurent froids & muëts comme deux trépaß-
fez, alors les faux Diables, sans perdre temps,
prennent habilement le damné Greffier, les vns
par les bras & les autres par les iambes, & le ti-
rent tout pasmé qu'il estoit, sur le plancher, en
mesme téps ils luy firent reuenir les sens à grâds
coups de fouëts de cordelettes noüées, si promptement donnez, & si viuement sanglez, qu'auparauant que la parole luy fut reuenuë il estoit
à demy escorché. Le premier mot qu'il dit ce fut
le nom de Iesus, & à l'instant, les Diables le
quitterent & s'enfuirent en faisant vn horrible
tintamarre par les portes, pour luy confirmer
dauantage l'opinion qu'il auoit conceuë d'eux.
De façon que quâd l'orage fut paßé, il creut que
c'estoient des Demons, puis qu'ils estoient dis-
parus par la vertu de ce nom sacro-saint. Il demeura étendu sur la place à demy mort, tant de
la cruelle fustigation, que de l'effroy qu'il auoit
eu, Sa pauure femme trembloit, & toute trempée
de sueur froide, enfoncée dans son lict, n'osoit
sortir la teste dehors. De maniere qu'il falut que
ce malheureux homme, paßaßt la nuict en l'estat
que les diables l'auoient laißé. Le iour venu,

toutes les frayeurs furent bannies, & le pauure
corps fut trouué emmy la place auec vne grosse
fiévre, & d'autre costé sa femme saisie du mesme
mal, ils seruirent tous deux long-temps d'occu-
pation aux plus fameux Medecins, entre les
mains desquels ils allerent iusques sur le seuil
du tombeau.

Le bruit de cét euenement fut incontinent se-
mé par la ville, & de la bouche mesme de ceux
qui l'auoient ouy raconter au Greffier : Cha"
qu'vn en parloit selon son sentiment, Il faut bié,
disoient aucuns, que ce Greffier là ait commis de
grands crimes que les hommes ne sçauent pas,
puisque le ciel l'a voulu chastier par les bour-
reaux de l'Enfer. Don Diego entendât courre ces
discours par la ville, apres la relatió que les diables luy auoient desia faite de leur execution,
s'estima fort bien vengé. Il n'y auoit que sa pauure femme qui faisoit pitié à nostre Auenturier;
mais vn bon mary & vne bonne femme sont si
vnis ensemble, qu'il est impossible de faire bien
à vn que l'autre ny participe : & ainsi du contraire. Depuis ceste genereuse action. Don Diego
demeura quelque temps recluz chez luy, viuant
dans vne honneste modestie: Mais ceste humeur
ne luy dura guere : à peine y auoit-il deux fois
vingt-quatre heures, quand il recommença ses
nocturnes pourmenades.

AVANTVRE SIXIESME.

LEs fourriers & auant-coureurs du sommeil, que le vulgaire apelle baaillemens, auoient desià sommé le Soleil de se retirer dans le lict de la mer a luy seul reseruè ; & à bon droit, veu qu'estant d'vne qualité si chaude & si seiche, il n'y a que luy qui puisse coucher dans vn lict si froid & si humide ; Quand nostre genereux Don Diego, mauuais disciple de ses experiences, voulut dés la seconde nuict chercher de nouueaux perils, ou plustost aller au deuant d'eux, car ils le venoient assez souuent chercher. Cette nuict là estoit borgnesse, ou aueugle tout à fait, puisqu'à peine y auoit il vne estoille au Ciel qui ne fut voilée d'vn espais nuage. Mais, quant que d'entrer plus auant dans cette Auenture, il faut faire vne petite digression.

Il y auoit alors à Seville vn homme, d'assez bonne mine, qui s'entretenoit bien couuert & qui passoit pour Caualier, mais que l'on pouuoit nayfuement comparer à vn Aigle ; le iour il en auoit la veuë, & la nuict les ongles ; De iour Il regardoit hardiment le Soleil,

F 4

& de nuit il déroboit par tout . Au commencement de son regne , il se faisoit appeller Don
Diego , mais le temps ayans fait découurir l'e-
xercice qu'il faisoit on le surnomma, le Nocturne; de façon qu'il parut au monde deux hommes
de ce nom là en mesme temps , car il faut noter
qu'on appelloit nostre Auenturier, tantost Lucifugue & tantost le Nocturne, ces deux adjectifs
ayant quasi pareille signification, mais pourtant
causez de diferents effets, les vns plus blasma-
bles que les autres.

    Il sembloit estre fatal à nostre Don Diego de
se voir en peine pour des équiuoques de son nom
mais celle où il s'estoit trouué parmy les Lutins déguisez n'estoit qu'vn passe-temps au
prix du tourment qu'il souffrit en ce second rencontre , d'autant qu'entre les personnes de cœur
genereux, l'honneur est plus cher que la vie . Ce
Don Diego de Seville voyant que sa vie estoit
decouuerte, & que l'on parloit d'informer de ses
œuures, fit courre vn bruit qu'il s'en alloit à Madrid, le theatre des prodiges, & la Sirene qui attire les vertueux & les vicieux: mais le iour qu'il
disparut de Seville, au lieu de prendre le chemin
de la Cour d'Espagne, il s'en va à Grenade , esperant de iouër là de ses tours de souplesse, & d'y
passer beaucoup de temps auant qu'estre reconnu
parce que c'est vne ville fort fauorable enuers les
estrangers.

    Le bruit de son voyage de Madrid estant pu-
blié parmy tous ceux qu'il auoit frequentez, le
fils d'vn Marchand de ioyaux de Seville en sut
auerty , lequel trompé de la voix publique.

grande merueille qu'vn Marchand se laisse trom-
per! fit aussi tost dessein d'aller apres,& le plus
diligemment qu'il luy seroit possible , aux despens de ses fesses qui furent écorchees , & de
son estomac qui luy rendit plusieurs, fois beaucoup plus qu'il ne luy auoit donné, pour estre
par trop secoüé sur les mules de loüage qui se
trouuent sur ce chemin là. Le sujet qui l'obligeoit à souffrir ces incommoditez, estoit que
Don Diego Cacus luy emportoit certaines bagues & anneaux de diamants d'assez grande valeur qu'il auoit pris de luy à credit dés qu'il fut
arriué à Madrid il fait courre vn billet entre les
Orfevres, contenant la forme & la façon de ses
ioyaux, Cepandant il essaye de prendre accez
dans les assemblées pour tâcher à rencontrer son
homme.

La deuxiesme nuit apres l'arriuée de ce Marchand ioüaillier, nostre primitif & venerable Don
Diego le Nocturne ayant mal fait son profit de
ses disgraces passées, se mit derechef en campa-
gne, presentant vn cartel de défi à la fortune.
L'occasion de ceste sortie, fut pour aller deuiser
auec vne ieune & belle Bourgeoise, femme d'vn
Solliciteur de procez,laquelle on tenoit en reputation d'auoir l'esprit subtil & facecieux, le
mouuemét des pieds fort legers pour bien dan-
ser, &celuy des mains tres-prompt,pour prédre
tout ce qu'on luy presentoit,& par ainsi bien ai-
sée à suborner. Pour auoir accez aupres d'elle,
nostre Don Diego se seruit de l'entremise d'vne
industrieuse vieille fort experimentée aux am-
bassades d'amour , & qui faisant mine de des-

fendre la lchafteté ne s'exerçoit qu'à la deftrui-
re. La capitulation fut telle, qu'il luy feroit permis d'aller voir la Bourgeoife cette nuit-là, entre minuit & vne heure , à condition qu'il por-
teroit deux bagues de diamants , qu'elle luy
auoit venuës aux mains, lefquelles Don Diego
cheriffoit fort , eftans venuës de feu fa mere.
Mais qu'eft-ce que la fenfualité ne renuerfe ,
quand on ne,s'oppofe point à fon infolence. En
outre, qu'il ofteroit,fes habits de Caualier, & fe
defguiferoit en valet, afin que fi d'auenture fon
mary le rencontroit en entrant ou fortant , elle
luy puft dire , que c'eftoit vn homme que fa
mere abfente luy auoit enuoyé pour fçauoir de
fes nouuelles:& pour mieux conduire le ftratageme, la Bourgeoife luy fit mettre en main , par
la vieille, vne lettre que ce iour-là'elle auoit receuë de fa mere , qui eftoit recachetée & enue-
lopée de papier , pour feruir vne feconde fois felon l'occafion qui fe prefenteroit. Item, qu il entreroit par derriere la maifon , & pafferoit par
deffus vne certaine mechante muraille de bois
d'argile,& ouuriroit la porte du iardin , iauec
vn paffe-par-tout qui accompagnoit la lettre.
De là qu'il entreroit dans vne falette où il trouueroit la galante difpofée à s'entretenir auec
luy.

Don Diego obeyffant à tous les articles de co
traitté de paix , fortit de chez luy enuiron
l'heure de l'affignation , eftant habillé comme il luy auoit efté prefcrit, muny des bagues,
de la lettre , & du paffe-partout. Arriuant
dans la ruë de la Bourgeoife , il paffe contre vne

maison, où il oüyt vn bruit comme de gens eſ-
meus, qui obligea ſon humeur curieuſe d'en ſçauoir la cauſe. Il entre, & d'abord il void vn homme qui eſcriuoit dans vne court ſur le fonds d'vn
tonneau renuerſé, & vn autre qui luy éclairoit auec vn chandelle dans vne lanterne, de
peur que le vent ne la ſoufflât. Ceux-cy eſtoient
entourez de pluſieurs autres, demy habillez &
demy nuds, les vns ſans bas de chauſſes, les ſou-
liers en pantoufles, les autres en chemiſe, & cou-
uerts ſeulement de leurs manteaux dont il ſe ca-
choiët le nez, & la pluſpart auec des eſpées ſous
le bras. Noſtre Auenturier demeura quelque
temps derriere eux à les écouter ſans eſtre aper-
çeu, où il aprit qu'on venoit de voler & dérober
dans ceſte maiſon, & connut que celuy qui écri-
uoit eſtoit vn Greffier criminel, & celuy qui
éclairoit vn Archer de Preuoſt, leſquels prenoiët
les dépoſitions de voiſins de cette maiſon, & dõt
aucuns eſtoient intereſſez dans le dommage du
larcin.

Don Diego ayant ainſi contenté ſon eſprit, ſe
veut retirer doucement, & acheuer ſon voyage,
mais par malheur l'humidité la nuict, qui
luy auoit morfondu le ceruean, le ſurprit d'vn
triple éternuëment qui fit retourner ces gens, &
en meſme temps demander, qui-va-là: Don Diego ne voulant pas eſtre connu ſe mit à doubler,
le pas ſans dire mot, ce qui donna mauuais
ſoupçon aux autres, & les obligea d'aller apres-
comme ils firent habilement, en criant au larron : Luy qui ſe vid ſuiure & offencer d'vne ſi
infame injure, tourne viſage, &

mettant l'espée à la main leur cria, Vous auez
menty canaille, & les laissant approcher, donna
vn grand coup sur les oreilles du plus hardy,
mais quelques efforts qu'il pust employer pour
se sauuer de leurs mains, ils se saisirent de luy, &
le menent au Greffier qui estoit demeuré dans
cette maison.

Il n'y auoit rien en sa personne qui ne seruist
de tesmoin pour l'accuser d'estre coulpable du
vol qui auoit esté fait là dedans, sa mine & son
habillement ne conuenoient pas ensemble, il
estoit aisé de iuger qu'il y auoit du déguisement.
On le foüille, & trouue-t'on dans ses poches vne
petite boëte où estoient ses bagues, on trouue
aussi le passe-par-tout, qui estoient de puissants
indices contre luy. Le Greffier partagea fort
également ce butin, il prend les anneaux pour
luy, & baille la clef aux Archets pour nantisse-
ment de leurs vacations, cela fait on le mene
prisonnier.

Se voyant si mal traitté, il commence à se declarer & dire qu'il estoit Gentil-homme, qu'ils
se méprenoient, qu'on le fist parler au Preuost,
qu'il luy diroit son nom, iustifieroit son innocé-
ce deuant luy : Mais quoy qu'il leur peust
remonstrer, ils n'en firent point de cas: on le met
au fonds d'vne prison en qualité de voleur de
nuict, écheleur de maisons, & de rebelle à la
Iustice. Il est sur le champ confronté à deux des
vrais larrons qui auoient commis le delit lesquels luy entendant dire qu'il estoit Gentil-
homme, & auoit du bien assez honnestement
pour   s'entretenir   selon   sa   condition,

sans prendre celuy d'autry, resolurent de le rendre leur complice, se persuadans que s'il estoit de
la qualité qu'il disoit, leur procez tireroit de
longue, & cependant qu'en faisant restitution
leurs amis moyenneroient leur liberté : qu'il se
pourroit faire aussi qu'ils sortiroient par sa faueur, & qu'au pis aller s'ils estoient condamnez
à quelque peine, elle seroit legere : Don Diego,
voyant que la declaration de ceux-cy estoit toute contraire à ce qu'il en esperoit, s'asseurant
qu'ils le deschargeoient, & par consequent qu'on
l'ennoyeroit libre & absous des cas à luy imposez, se mit à faire des actions de desesperé, & des
exclamations d'vn insensé. Laissons le vn peu
matter dans cette inquietude pour le rendre sage.

Dés que le iour fut venu la nouuelle de cét em-
prisonnement courut par toute la ville, ses amis
en furent aduertis, lesquels se vinrent incontinent offrir pour le cautionner corps pour corps,
soustenant qu'il n'estoit point coulpable du crime dont on l'accusoit, mais il ne leur fut pas seulement permis de le voir, & faloit qu'il s'en re-
tournassent confus & honteux d'oüir dire, qu'vn
homme de sa qualité eust esté pris par le larcin à
la main auec vn habit déguisé & vne fausse clef.

Comme ce bruit là se rendoit public, il vint
aux oreilles du Marchand de Seville, qui tout
émeu de ioye, croyât auoir retrouué ses ioyaux,
& que nostre Auenturier fust certainement le
Don Diego qu'il cherchoit, s'en alla chaude-
ment à la prison l'arrester, & de là chez le Greffier saisie des bagues qu'il auoit entre ses

nians comme à luy appartenât. Les diuerses interrogations & dépositions qui se firent en consequence de cette nouuelle accusation, augmen-
terent les écritures du procez, où le mary de la
Bourgeoise (origine de tout ce desordre (fut
employé de la part du Marchâd du Seville, pour
solliciter ses demandes. Venant à s'instruire du
fait il reconnut le passe-par tout des serrures de
son logis, & apprit que l'accusé auoit esté pris
dans la ruë. Là dessus il soupçonne que son dessein estoit de le dérober aussi bien que ses voisins, & se voyant interessé particulierement dans
l'affaire, il se declare partie d'abondant, & pour-
suit auec tant de diligence, qu'il fit de nouueau
interroger Don Diego sur des articles, & faits
nouueaux, qu'il produisit contre luy, Mais nôtre
Aventurier, estant adroit & discret, répondit si
ingenieusement, qu'il ne diffama point l'honneur
de celuy qui le prouoquoit à le faire, à cause de
luy pour l'amour d'elle.

Ce procez estoit en cét estat, quand par les
bons offices des amis de Don Diego, il fut tiré
des mains du Preuost, comme n'estant pas de son
gibier, & renuoyé par deuant son Iuge, oùle
Solliciteur se declara principal agent de sa per-
secution. Don Diego se voyant presser si viuement, donna aduis à la Bourgeoise, par le
moyen de la vieille ambassadrice, d'employer
son esprit pour faire desister son mary de ses
violentespoursuites, sinon qu'il seroit contraint,
pour se deffendre, de les offenser tous deux, &
publier des choses qui les rendroient infames,
Mais la coquette qui ne pensoit qu'à ses plaisirs,

& fongeoit plutoft à ratraper les bagues, qu'à garantir, fon honneur, ne fit point de conte de cét aduertiffement.

Les Iuges & les parties, fe trouuoient fort confus dans les incidents de ce procez, car perfonne n'en fçauoit le fecret : mais en fin Don Diego fe voyant de iour en iour oprimer par l'opiniftreté du Solliciteur, refolut de fe décharger des chofes qu'il luy impofoit à fa grande confufion. Il en fit vne impie relation à vn Gentil-homme de fes amis, & qui frequentoit familierement le Iuge, auquel il expliqua l'enigme, Et ayant foigneufement confideré toutes les circonftances, il delibera de découurir publiquement la verité, pour fauuer l'honneur du Caualier Don Diego, aux dépens de celuy du Solliciteur impertinent. La vieille dépofa en fecret ce qu'elle fçauoit de l'affaire ; on exhiba la lettre de la mere de la Bourgeoife, qui l'auoit enuoyée à Don Diego. Le Marchant jouaillier de Seville fut appellé, lequel ayant efté confronté à noftre Auenturier, demeura ébahy comme vn fondeur de cloches dont le metail eft coulé hors du monde : il confeffa ingenuëmet que ce n'eftoit pas celuy qu'il cherchoit, Et le Iuge procedant équitablement là deffus, mit les parties hors de cour & de procez ; ordonna que les bagues feroient rendues à Don Diego, comme à luy appartenant, la clef du paffé-par-tout remife entre les mais du Solliciteur pour la mefme raifon, & la lettre a fa femme, comme vn gage de l'affection de fa mere.

Apres la prononciation de cette iufte fen-

tence, le Marchand & le Solliciteur demeurerent
fixement arreſtez ſe regardant comme deux ſta-
tuës, l'vn auec vn pied de nez, & l'autre fort ca-
mus puis ils ſe ſeparerent en rechignant, le Marchand faſché d'auoir fait tant de chemin & de
frais ſi mal à propos & le Solliciteur de ſe voir
l'inſtrument de ſon oprobre. Don Diego, de qui
la ſenſualité eſtoit refroidie par les mortifications des reproches que ſes amis luy firent , ſe
retira bagues ſauues, leſquelles il eſtimoit beaucoup plus que le plaiſir du jeu où il alloit pour
les perdre , ſi le malheur qu'il auoit rencontré
ne l'en euſt empeſché: Finiſſons donc cette A-
uenture en admirant la verité de ce Prouerbe,
A quelque choſe, malheur eſt bon.

ADVENTVRE SEPTIESME.

Ncore que l'incomparable don Diego fust sorty de la prison, libre & absous des crime qu'on luy imputoit, neantmoins il se voulut soy mesme condamner à vne peine. La honte que ses amis luy auoient faite, en luy remettant deuant les yeux tous les actes extrauagants de la vie, luy auoit touché le cœur si sensiblement, qu'il resolut de se bannir pour quelque temps de Madrid, & de tascher à se reformer, plustost pour se monstrer complaisant à ceux qui luy vouloient du bien, que pour sa propre satisfaction. Il prend le chemin de cette ville d'Espagne, qui est estimée plus remplie de doctrine que toutes les autres de l'Europe : En effet elle est si fertile en sciences que l'on ne les enseigne, pas seulement de iour dans les escoles, mais encore de nuict dans les caues. C'est la ville de Salamanque situee sur le fleuue que les Espagnols appellent Tormes, & qu'ils tiennent plus fecond que le Nil, à cause que ses riuages sont abondants d'vne infinité de bons & beaux fruicts, seruans seulement aux delices des esprits delicats, & non pas à la sensualité des appetits grossiers.

G

Ce banniſſement volontaire n'eſtoit point trop deſagreable à Don Diego, puiſque le principal motif qui le luy faiſoit ſupporter, eſtoit pour ſe faire payer de deux mille ducats, à luy deus, comme eſtant demeuré vnique heritier de ſa maiſon, par la liberale courtoiſie de ſes freres qui s'eſtoient laiſſé mourir. Il auoit affaire à des debiteurs ſi riches, que des qu'ils ſceurent ſon arriuee, ils luy porterent ſa ſomme, en meſmes eſpeces qu'ils la denoient. Neantmoins il ne s'en voulut pas retourner ſi viſte, les merueilles qu'il auoit oüy dire de Salamanque, l'obligerent d'y faire quelque ſejour, pour éprouuer ſila verité luy eſtoit autant fauorable que la renommee. Ayant donc contenté ſes deſirs, il en partit doublement riche, parce que ſon eſprit fut participant de ſes opulents treſors, au moins en raporta t'il pluſieurs bons liures, combien que ceſuſt peut eſtre plus par oſtentation que pour en faire ſon profit, à l'imitation de quelques perſonnes de ce ſiecle qui ont de bons liures chez eux & bien reliez, mais mal leuz, ſi bien qu'ils ne leur ſeruent que de parade, comme des tapiſſeries & des tableaux.

Eſtant de retour à Madrid, il enferma ſes ducats dans vn cabinet d'Allemagne, auec que ſes bagues & ioyaux, ſe propoſant de les conſeruer contre le hâle, & les tenir à l'ombre iuſques à ce qu'il ſe rencontraſt vne occaſion digne de leur faire voir le iour. Les deux premieres nuits apres ſon arriuee furent voüees au ſilence, & au repos de ſa perſonne: il s'entretenoit à feüilleter ſes liures nouueaux, mais au bout de ce temps.

là se trouuant las d'auoir demeuré silonguemét enfermé, & s'imaginant qu'il violoit les priuileges & franchises de son naturel, il se delibera d'aller prendre l'air la premiere nuiɛt, & de sortir de meilleure heure que les autres fois, pour auoir plus de loisir de reconnoistre les ruës de Madrid.

Il ne put toutesfois executer alors son dessein, à cause des visites de ses amis qui ayant apris son retour luy vinrent faire la bien venuë. Celuy qui deuança les autres en cette ciuilité, fut vn certain Gentil homme qu'on appelloit le Cheualier des Miracles, parce que sans auoir rente, ny reuenu il paroissoit dans la Cour en fort bon equipage, tousiours bien suiuy & bien couuert : ce qui donnoit occasion d'imaginer qu'il auoit quelque secrete adresse aux mains pour piper ou pour griper : mais on luy faisoit tort d'auoir cette mauuaise opinion de lui cőme il se verra dans la suite de ce discours. D. Diego luy fit le recit de son heureux voyage, & pour luy confirmer ses paroles, il ouure en sa presence son cabinet, & luy monstre son petit tresor, ie veux dire ses ducats & ses bagues, car il en estoit si comblé de ioye, qu'il faisoit que sa vanité la fist répendre par les bords. Apres plusieurs deuis communs de ce qui s'estoit passé à Madrid durant l'absence de Diego, le Cheualier des Miracles prend congé de luy ; & encore qu'il s'efforçast de le retenir à souper, le Cheualier s'en excusa auec de beaux compliments.

Celuy-cy parti, nôtre Auenturier reçoit encore deux ou trois visites qui l'arresterent chez

luy iufques aprcs de minuit, à fon grand regret
parce qu'ils parloient de fadezes, & que c'e-
ftoient des per fonnes dontilne faifoit pas grand
cas ; mais il faut bien fouuent fouffrir de telles
contraintes dans le monde. En fin ils s'en allerent : Don Diego foupa fort legerement, comme
s'il euft eu des affaires bien preffees, & enuiron
vne heure il fortit de fon logis, ayät toutes fois
l'efprit vn peu inquieté pour s'eftre trop communiqué au Cheualier des Miracles, craignant
que par foy ou par vne tierce perfonne on ne
confpiraft contre le repos de fes ducats, & contre la felicité qu'il y auoit eftablie. Tourmenté
de cète penfée, il rebrouffe le chemin pour reuenir chez luy, auec intention de tranfporter fon
cabinet de la chambre baffe à la haute, eftimant
qu'il y feroit plus feurement : & paffant contre
le cimctiere d'vne Eglife qui n'eftoit pas loin de
fon logis, il oüyt vne voix plaintiue entre-cou-
pée de grands foufpirs, qui fembloit fortir des
charnices oul'on retiroit les offemés des morts,
laquelle luy fit herifler le poil, releuer les four-
cils, & ouurir les or eilles. Il s'arreftetoutcourt,
& entend redoubler let gemiffemens. Là deffus
il confidere que c'eftoit vne des plus heroyques
auentures qui fe pouuoit prefenteràvn Caualier
noĉturne : & que s'il n'entreprenoit d'enuoir la
fin il demeureroit à iamais mal fatisfait de fon
courage.

Il rapelle à fa memoire le rencontre de la rüe
de la pomme, qui n'eftoit qu'vne fainte de gens
déguifez, mais que celle cy aduenant en vn lieu
ou eftoit la vraye demeure des trefpaffez, il n'y

auoit point de fourbe. Il s'approche donc plus
prés, & aperçoit vne petite lueur qui rayonnoit
à trauers vne cloizon d'ais : il tourne d'vn autre
costé, & void vne porte ouuerte, d'ou sortoit
vn peu plus de clarté, & voulant entrer tout
bellement, il marcha sur vne coste seche d'vn
corps humain, qui rompit sous son pied : à ce
bruit là vne voix virile, luy demande, qui vala?
& en mesme instant il sort vn homme de bonne
taille, tenant vne espee en vne main & l'autre
vne lanterne de celles qu'on appelle, à larron,
qui empeschent de voir celuy qui les portent.
A la lueur de cette épee, DON DIEGO tire incontinent la sienne, & en ce moment là, cét hôme qui venoit à luy s'escria ; ô seigneur DON
Diego mon cher amy! Il connut plutost la voix
que la personne à cause de l'ombre de la lanterne : C'estoit le Cheualier des Miracles qui l'a-
uoit esté visiter le soir precedent.
Diego plein d'étonnement & d'admiration,
luy demande ce qu'il faisoit là. Helas seigneur
Don Diego, dit-il, vous voyez fort empesché :
mais pour abreger discours, ie vous diray qu'il y
a prés de deux ans que ie suis marié, auec vne
ieune demoiselle de bonne maison, sâs que personne en sçache rien sinon deux de mes amis,
& le Prestre qui nous a espousez. Depuis ce
temps là ceste fille a tousiours demeuré chez son
pere, sans iamais donner aucun mauuais soupçõ
à personne ni entre les domestiques ny parmy
les estrangers. Incontinent apres que ie vous ay
eu quité, elle m'a enuoyé querir, & m'a dit que
les douleurs de l'enfantement commençoient à

la trauailler, & que craignant la rigueur de son
pere, qui l'etrangleroit de ses propres mains
s'il s'aperceuoit de la faute, elle me prioit de la
faire sortir hors de sa maison, & de la mettre en
quelque lieu ou elle se put deliurer auec moins
d'aprehension. Me trouuât surpris dás cet affaire, & considerât que vous estiez libre chez vous,
n'estant pas marié, ie m'allois jetter entre vos
bras, & confier mon secret & l'honneur de cette jeune femme à vostre discretion: mais en passant aupres de ce cimetiere, & la conduisant a-
uec cette lanterne, les douleurs l'ont tellemént
pressee, qu'elle n'a pu passer outre, ie l'ay mise
vîtement dans ce charnier, que i'ay trouué ouuert fort heureusement.

Le Cheualier disoit ce dernier mot, quand
cette femme se fit oüir en criant, Iesus, Iesus, &
incontinent apres, en prenant vne longue respi-
ration, loüé soit Dieu, dit elle, c'en est fait,
Le Cheualier court à l'instant, & Don Diego
quant & quant, & trouuerent qu'elle estoit accouchée d'vn bel enfant, né toutesfois sous vne
merueilleuse constellation, puis qu'il trouuoit
l'entree de la vie dans le domicile de la mort.
C'estoit vn estrange spectacle, de voir cette pauure femme estenduë sur tant de squelettes, & ce
petit enfant naissant parmy tant de morts. Le
pere prend cette tendre creature, l'enuelope de
son manteau, & recommandant la mere à Don
Diego, emporte son enfant chez vne sage femme qu'il auoit retenuë quelques iours auparauant pour cet effet, & à laquelle il auoit donné
charge de trouuer vne nourrice.

Don Diego demeura là tout seul, la lanterne à la main, consolant & donnant courage à cette pauure accouchee. Il se trouua si peu de bougie dans cette lanterne, qu'à peine fut il sorty, quand la clarté leur faillit parmy cette effroyable, obscurité. Ie parle mal de la surnommer effroyable, au moins au regard de nôtre Auenturier, veu que les tenebres luy estoient si agreables. Cependant qu'il estoit occupé dans cette action de charité, vn des plus industrieux larrons de Madrid, auoit mis des espions à ses ducats, & ayant eu aduis qu'il les laissoit orphelins cette nuit là, ils'en va chez Don Diego garny d'vne clef ingenieuse, qui sçauoit penetrer le secret de toutes les serrures. Il fureta si bien les chambres de son logis, qu'il trouua le cabinet tresorier, il le crochette subtilement, & prit la bourse accompagnee du brillant esquadron des ioyaux. Non content de cette capture, il ouure vn coffre d'ou il tire vn paire d'habillemens. Il fait vn paquet de ces hardes, au milieu duquel il met les ducats & les bagues enuelopez dans vne seruiette, qu'estoit comme l'ame du corps de ce paquet ; & chargeant cet agreable fardeau sur ses epaules il tire pays le plus diligemment qu'il luy fut possible.

Il n'estoit encore guere loin du logis de Don Diego, lors qu'il rencontra les Archers du guet qui vont la nuit par la ville. Auparauant qu'ils l'eussent aperceu il s'enfuit habilement vers le cimetiere dont nous venons de parler. Les Archers qui l'oüirent courir, soupçonnerent que c'estoit quelque malfaicteur, & courent apres :

Luy qui estoit agile & dispos, gaigna incontinent lé charnier où il jette son pacquet, qui tō-
ba sourdement auprés de l'accouchée, dont elle
eut si grand peur ne sçachant que c'estoit, qu'elles en oublia les douleurs de son enfantement.
Don Diego ignorant du present qu'on luy faisoit de son bien, s'aduance sans dire mot, ayant
l'espée à la main, pour sçauoir d'où procedoit le
bruit qu'il auoit ouy ; Le larron qui l'entendit
marcher sur les ossèments secs des morts, qui se
brisoient sous ses pieds : crust que c'estoit quelque fantosme malin, qui venoit à luy, ennoyé
par la diuine Prouidence pour le chastier de sō
delit: car vn homme qui fait mal, a peur de tout:
& voyant qu'il ne se trouueroit point saisy du
larcin, il ayma mieux se hazarder de tomber
entre les diables humains, qu'en celles des infer-
naux.

En sortant du cimetiere, il rencontre en teste
les Archers qui l'auoient poursuiuy, & qui s'é-
stoient mis en embuscade pour le surprendre,
mais le larron qui estoit fort & adroit, se seruāt
d'vn espadon qu'il portoit, se fait vn passage en
dépit d'eux, se sauue de leurs pattes.

Cependant Don Diego estant sorty iusques à
l'enttée du cimetiere sans rien rencontrer , &
n'entendant plus de bruit, iugea qu'il y auroit
de la temerité à passer outre, & de l'indiscretion
à de laisser cette panure malade, dōt il estoit gar-
dien: Il s'en retourne donc auprés d'elle , & la
trouue fort affligée, se plaignant du Cheualier
des Miracles, & accusant son retardement auec
des paroles & des raisons qui tesmoignoient

être conceuës d'vn bon entendement. Don Diego connoiſſant qu'elle auoit repris vn peu plus
de vigueur, s'offrit de la mener chez vn homme
marié qui l'auoit autresfois ſeruy, & qui demeu-
roit-là aupres. Elle conſent à ſa propoſition : il
luy ayde à ſe leuer à taſtons, & la faiſant apuyée
ſur ſon bras la méne doucement en ceſte maiſon
là, ou elle fut courtoiſement receuë, tant pour
le reſpeȼt de ſon conducteur, que pour celuy de
ſa beauté qui charmoit tous ceux qu'elle regardoit. Que ſi Don Diego n'euſt pas eu alors l'eſprit occupé du ſoucy de ſes ducats, ie ne ſçay s'il
n'y euſt point donné entree à l'amour de cette
dame, car il y reconnut de puiſſants attraits
quãd il la vid à la clatté. On luy alla querir vne
ſage femme, pour acheuer de la ſeruir aux incommoditez qui reſtent apres l'enfantement : &
en l'attendant, elle fut miſe dans vn lict ſi propre & ſi delicieux, qu'il euſt peu exciter le ſom-
meil & l'aſſoupiſſement aux inquietudes d'vn
ialoux. Laiſſons les tous deux en cét eſtat, &
voyons à quoy s'eſt amuſé le Cheualier des Miracles, veritablement digne de ce nom, puiſque
la Fortune auoit en ſa perſonne formé vne rare
ſujet des impreſſions celeſtes.

Il eſtoit fort empeſché à faire accommoder ſa
petite creature qui ſe trouuoit mal, conſiderant
que la mere ſeroit en peine de ſon retardement,
pria le mary de la nourrice de l'enfant d'aller
auec vne lanterne faire ſes excuſes à Don Diego
& à la dame qu'il trouueroit auec luy, le priant
de vouloir employer ſon credit en faueur de
l'infortunée, & la faire mettre en quelque lieu

de seureté, où elle puist estre assistee de ce qu'elle
auroit besoin. Quand cét hôme arriua au cimetiere, Don Diego estoit allé desia satisfaire à la
priere qu'il auoit à luy faire, quoy qu'il ne l'eust
pas oüye. Ce nourricier entre dans le charnier,
où le Cheualier luy auoit dit qu'il trouueroit
Don Diego, & la mere de l'enfant, & n'y voyant
rien que des horreurs de la mort, il se retire en
reculant, n'osant tourner le dos à ces spectacles
affreux, craignant qu'ils ne vinsent sauter sur
ses espaules: En approchant la porte du charnier,
il met le pied sur le pacquet que le latron poursuiuy des Archers y auoit jetté, & sentant que
cela enfonçoit, il fait vn grand cry, s'imaginant
auoir marché sur quelque corps humain trais-
chement apporté, mais en approchant sa lanterne, il reconnoist son erreur, & void que ce sont
des habillemens. Il consulte s'il les emportera
ou non; enfin jugeant, que les morts n'y preten-
doient rien, il se dispose à le charger sur son dos
trouuant estrange, de sortir doublement habillé d'vn lieu ou les autres entrent tous
nuds.

Ie ne doute pas, Lecteur, que vous ne soyez
desia en impatience de sçauoir si cét homme pût
gouter purement la douceur de cette bonne fortune sans estre meslée d'amertume, mais donnez
moy vn peu de terme, & ie vous contenteray.
Don Diego arriuant chez luy monta droit à la
chambre haute, ou il auoit transporté son cabinet, de laquelle il trouue la porte ouuerte & la
serrure forcee : alors vn si grand battement de
cœur le saisit qu'il pensa éuanoüir sur le degré,

Il entre & void les vestiges du rauage qu'on
luy auoit fait, son cabinet rompu & son coffre
ouuert. Et ne sçachant à qui s'adresser, il se
met en l'esprit que c'estoit vne trahison que le
Cheualier des Miracles luy auoit ioüée, cependant qu'il estoit demeuré auptes de son accou-
cher. En effet, sa longue demeure estoit capable de le faire soupçonner de cette mauuaise a-
ction. Il ne perd point de temps, il s'en retourne au cimetiere plus viste qu'à grand pas, iugeant que le Cheualier pour mieux feindre vne
innocence, ne manqueroit pas d'y aller le re-
trouuer aupres de la femme. De bonne fortune
Don Diego entroit dans le charnier du cimetiere ainsi que l'homme enuoyé par le Cheualier en
sortoit. Alors nostre Auenturier tout troublé de
cholere du vol qu'on luy auoit fait, & pensant
que ce fust le Cheualier, comme il se l'estoit
imaginé, se iette si furieusement sur cét homme
qu'il luy fait tomber son paquet par terre, le
traitrant en larron, & le menaçant de le faire
roüer. En mesme temps il passe vn Archer qui se
retiroit chez luy, fatigué d'auoir passé la nuit à
faire inutilement la patrouille auec ses camarades sans trouuer de proye, lequel leur commanda de se lascher l vn à l'autre & de respondre à
ses interrogations. Il fut à l'instant obey, car
en Espagne le moindre officier de Iustice est
grandement respecté.

Le iour commençoit à poindre à cette
heure-là, & la colere de Don Diego ayant passé son premier bouillon, luy donna lieu
de reconnoistre que celuy qu'il auoit ar-

esté n'estoit pas le Chevalier, & cét inconnu, se
voyant en liberté considerant, comme bien ad-
uisé, qu'estant trouué saisi du paquet, il en pourroit estre en paine, combien qu'il fust innocent,
trouua bon d'esquiuer & chercher son repos
dans la diligence de ses pieds : il disparut en vn
moment, laissant là Don Diego pour répondre
pour soy & pour luy aux questions de l'Archer.
Comme il se mettoit en posture d'examinateur,
voicy arriuer le vray larron, lequel s'estant es-
chapé des Archers, auoit attendu le iour, pour
venir retirer des morts le paquet derobé, dont
il les auoit fait les receleurs, il void de loin ces
deux hommes, nostre Auenturier & l'Archer,
qui contestoient ensemble : il ne laisse pas es-
frontément de s'aprocher peu à peu, & le cha-
peau à la main, escoutoit leur discours & gui-
gnoit quant & quant le paquet. En fin, l'Archer touchant Don Diego de sa verge, luy commanda de par la Iustice de le suiure. Ce larron
leur voyant faire les pemieres démarches, prend
ce paquet d'vn muet consentement de l'Archer
& de Diego, chaqu'vn d'eux pensant que ce fust
le valet de l'autre, & s'en va apres eux.

　　Tandis que toutes ces choses se passoient, le
Chevalier des Miracles mouroit d'impatience,
en attendât le retour de cét homme qu'il auoit
depeché vers Don Diego : il y va au deuant de
luy, & donne iusques dans le cimetiere, où il en
rencontra ny le messager ny ceux ausquels il l'a-
uoit enuoyé. De là, il passe chez Diego, & ap-
prend les tristes nouuelles du larcin, sans qu'on
luy pust dire où il estoit. Le voila fort affligé du

malheur auenu à son amy, & de plus, de ne sçauoir où estoit la Dame qu'il luy auoitlaissée en
garde, quoy'qu'il s'asseurast bien qu'elle estoit
en bonne main & qu'il auoit trop de courage
pour l'abandonner.

Cependant Don Diego allant auec l'Archer,
se trouua à la porte du Preuost, & se retournant
pour voir où estoitcét homme, qui s'estoit chargé du pacquet (lequel comme nous auons dit, il
croyoit estre le valet de l'Archer, & que l'Archer auoit creu estre le sien) & ne le voyant pas,
démande à l'Archerou il estoit, disant qu'il luy
en répondroit; dequoy l'Archer se sentant pi-
qué, luy repartit audacieusement, qu'il n'estoit
pas en lieu où il falust faire des tours de mat-
tois. Cette parole irrita si fort Don Diego,
qu'il donna plusieurs coups de plat dépee sur
les oreilles de l'Archer, aux clameurs duquel le
Preuost sortit de son logis, & ayant ouy la re-
latiõ du fait, & apris la qualité de Don Diego,
luy donna son logis pour prison, & deux Archers pour le garder.

Le Cheualier des Miracles lassé de courir deça & delà, sans apprendre nouuelle deceux
qu'il cherchoit, s'en retourne chez la nourrice
de son enfant, laquelle il trouua hors de moyen
de l'alaitter. Son mary fuyant de la Iustice, auoit
passé tout troublé de frayeur, luy faisant entendre qu'il estoit contraint de s'absenter & se cacher pour quelque temps, à cause de certaines
hardes dérobées donc il s'estoit trouué saisi, &
que de crainte d'estre mis en prison, il falloit
qu'il s'en allast:& sans s'expliquer plus claire-

ment, il eſtoit eſcampé, laiſſant ſa femme ſi eſ´
pouuentee, qu'au meſme inſtant le cours de ſon
laiĉt s'arreſta. A ce nouuel accident, le Cheualier des Miracles ſe trouua ſi accablé de confuſion, que s'il n'eſt eu beaucoup de conſtance,
ſon eſprit ſe fuſt ébranflé. Il ſe voyoit chargé
d'vn enfant, auquel il ne pouuoit donner l'al-
limentneceſſaire pour la conſeruation de ſa vie.
Dans ceſte extréme peine, le Ciel l'inſpira d'en-
xoyer promptement querit vn carroſſe de loüage, il ſe met dedans auec l'enfant, & letranſpor-
te à vn village aſſez proche de Madrid, appellé
Chetafé, eſperant de le faire nourrir la fort ſe-
crettement. Le vray larron qui s'eſtoit ſi hardiment emparé du pacquet, en la preſence Don
Diego & de l'Archer, & qui s'en eſtoit allé à-
pres eux, ſe perdit au premier carrefour de ruë
Et afin de faire perdre auſſi toute connoiſſance
de ſes traces, delibera de ſortir de Madrid,pour
iouyr plus librement dufruĉt de ſes infames
conqueſtes, en deguiſant les hardes & les bagues, par l'entremiſe de certains Fripiers & Orfevres, qui ſe meſlent de faire telles conuerſions.
L'accouchee infiniment affligee, ſe voyant comme abandonnee de ſon amant & de celuy qui
l'auoit conduite en ceſte maiſon parmy des gens
inconnuz, où toutefois elle eſtoit ſoigneuſe-
ment ſeruie, ſuiuant l'ordre que Don Diego y
auoit donné.

Son pere & ſa mere s'eſtans apperceus de ſon
abſence, le cœur outré de douleurs, faiſoient des
recherches tres-diligentes pour en apprendre
des nouuelles, & n'en découuroient rien,

Bref il y auoit vne confusion generale entre toutes ces personnes : si l'vne estoit en peine d'vn costé , aussi estoit l'autre. Mais la Prouidence diuine démesla facilement tous ces intriques.

Le Cheualier des Miracles arriua sur la nuit à Chetafé , où il trouua à souhait toutes les choses dont il auoit besoin: en moins d'vne heure il eut mis l'enfant entre les mains d'vne bonne nourrice ; & se vid en estat de retourner à Madrid. Ainsi qu'il alloit remonter en carosse, il entend vne grande rumeur dans son hostellerie. Il r'entre, & void vn homme qui sembloit vouloir estrangler vn autre , il le tenoit au colet,& le tirailloit? Traistre voleur, disoit-il, te voicy? c'est toy qui me volas dás mon logis à Tolede il y a pres d'vn an , il faut que ie t'égorge maintenant , & que ton sang me paye le bien que tu m'as emporté. Ce paquet là que tu porte est sans doute quelque larrecin que tu viés de faire à Madrid , qui met peut estre en peine beaucoup de malheureux comme moy.

Aux cris de cet homme enflammé de colere, tout le logis fut incontinent remply de monde. Le Cheualier des Miracles passe à trauers la presse, il s'aproche de l'accusé parleàluy, &par ses reponces il reconnut que c'estoit le larrõ qui auoit volé D. Diego, lequel par la permission diuine s'estoit trouué logé dans cette hôtellerie auec vn Marchand de Tolede qu'il auoit volé quelque temps auparauant. Le Iuge fut appelé, en la préséce duquel on fit ouuerture du paquet, & inuentaire de tout ce qui se trouua dedans

desquelles choses le maistre du logis fut gardié:
On met le coupable prisonnier, & le Cheualier
s'en retourne à Madrid porter ces bonnes nouuelles à son amy Don Diego, qui en fut rauy de
ioye, & pour recompense, il le mena voir en quel
estat il auoit laissé son accouchée, qui de sa part
receut vn extresme contentement de cette visite.

Don Diego eut de grands remords de conscien-
ce, d'auoir soupçonné le Cheualier des Miracles
d'vne si infame accusation : Il estoit toutefois
excusable, n'ayant formé sa pensée que sur l'o-
pinion vulgaire, qui croyoit, à voir la despence
du Cheualier, qu'il se meslast de quelque misera-
ble mestier : Mais en ce temps là Don Diego
aprit qu'il s'entretenoit par le moyen de la dame
qui fauorisoit ses amoureux larrecins, laquelle
estant fille d'vne maisõ fort riche, luy fournisoit
depuis quatre ans de tout ce qu'il auoit besoin
pour paroistre honnestement dans la Cour, Don
Diego s'estant deschargé du soin de cette ieune
femme, se mit à trauailler pour se faire restituer
ce qu'on luy auoit desrobé : Il fit deputer vn
Commissaire de la Cour, qui alla querir le larron & le larrecin, pour luy faire son procez à
Madrid, où à peine fut il arriué, quand il confessa tous ses crimes, pour reparation desquels
il luy en cousta la vie. Don Diego fut remis en
la possession de ses biens, non sans qu'il luy cou-
stast aussi beaucoup du sang de sa bourse, car la
Iustice est vne chose precieuse qu'il faut bien
acheter. Le mary de la premiere nourrice de l'é-
fant fut rappellé du bãnissemẽt auquel sa terreur

panique

pannique l'auoit fait condamner foy-mesme.

Cependant le Caualier des Miracles desirant oster les pere & mere de sa maistresse des peines extremes où ils estoient, employa plusieurs personnes d'autorité, comme Prelats, Religieux de saincte vie, & Ministres d'Estat, qui emeuz & animez par les tres-humbles suplications que cette belle amante maistresse du Cheualier, leur faisoit à toute heure, entreprirent l'affaire auec tant d'affection & d'adresse, que peu de iours apres ils amolirent le cœur de son pere & de sa mere, & les disposerent non seulement à pardonner à leur fille & à son amant, mais encore d'aprouuer leur mariage comme s'il eust esté fait de leur propre consentement. Amour, qui auoit causé ce delit, fut le principal aduocat de la cause, il inspira tant de douceur dans l'ame de ses pere & mere, qu'en faisant leur reconciliation, ils demanderent le petit enfant, pour l'instaler au droit d'aisnesse de leur succession.

Et pour solemniser cét admirable succez, il se fit vne grande assemblée de parens & d'amis où les nopces de ces deux époux furent celebrees, i'entends pour les ceremonies mondaines seulement, car pour le sacrement on n'y adiousta rien, parce que toutes les formes & obseruations requises y auoyent esté exactement gardées. Don Diego receut vn extresme contentement en son particulier de l'heureuse fortune de son amy, auec lequel il fit nouuelle alliance d'amitié. Le Cheualier de son cossté recherchoit incessamment des occasions de luy tesmoigner combien il s'estimoit son obligé, à cause des soins & bons offices qu'il auoit rendus à sa bien aymée-laquelle aussi de sa part luy en demeuroit redeuable.

On croyoit que Don Diego ayant fait tant de diuerses experiences des fascheux rencontres de la vie humaine, où la sienne auoit esté si souuent en danger, demeureroit desormais dans quelque sorte de retenuë, & employeroit le temps mieux qu'il n'auoit fait par le passé, mais on se trompa de plus de moitié de iuste prix. Il estoit si rauy des bons succez de ses Auantures, que cela luy donnoit l'audace d'en rechercher encore de plus hazardeux : Outre qu'il estimoit que les récontres nocturnes auenus aux autres hommes, racontées au foyer des peres aux enfans, comme des choses rares & prodigieuses, n'estoient que fourbes & piperies pour épouuenter les sots, lesquels pour s'estre effrayez des l'abord, & n'auoir pas eu le couurage de penetter plus auant, pour en rechercher l'origne, ont fait passer plusieurs badineries pour des merueilles : En effet, ce sont ordinairement les esprits foibles qui nous racontent les visions des ombres & fantosmes, car il n'y a point de cimetiere plus affreux, que le cœur d'vn homme timide.

ADVENTVRE
huictiesme.

L A vaine gloire qui enfloit le cœur de Don Diego, se voyant triompher de tant de perilleux accidents, luy faisoient mépriser toute sorte de hazards : Il luy sembloit alors qu'il estoit à l'épreuue de tous rencontres, & que la Fortune cedoit à son courage ; En cette creance il recherchoit les occasions dangereuses pour rendre des preuues de sa valeur, & se faire estimer entre les courages les plus resolus. Mais au lieu d'acquerir ce renom-là, on le mettoit au nombre des esprits extrauagants : tout homme qui aspire à se rendre singulier, attire ou l'enuie ou la moquerie des autres.

Il apprit en ce temps-là que les chariots ordinaires, qui passent cette mer de poussiere en Esté, & de bouë en Hyuer, qui est entre Madrid & Tolede, cheminoient de nuict. Sur cette consideration, & afin de conuerser auec les tenebres, & non pas pour delecter ses yeux à reuoir la belle ville de Tolede, digne objet de ceux du Ciel, il delibera de faire ce grand voyage, qui est enuiron de douze lieuës. Il auoit aussi vn desir particulier d'ouïr le ramage & les deuis

A 2

des gens de baſſe condition qui ſe rencontrent
ſouuent par telles voyes. Pour cet eſſet il reprit
l'habillément de valet dont la bourgoiſe l'auoit
fait déguiſer, de peur qu'eſtant veſtu ſelō ſa qua_
lité, il n'obligeaſt la compagnie à demeurer dans
vne ſeuere contrainte: ce qui l'euſt priué du plai_
ſir qu'il pēſoit receuoir de leur jargon & de leurs
diſcours, & s'armant d'vne eſpée & d'vn poi_
gnard, ſortit de Madrid enuiron ſur les nuit heu_
res du ſoir.

La compagnie de ce chariot, eſtoit compoſée
de certains ruſtiques de ceux qui contractent
amitié entre deux treteaux. Don Diego prit ſa
place auec eux du mieux qu'il pût, car il n'y
auoit point là de compliments. Les rües ayant
pris terre & quitté le paue, chaqu'vn de ces
gens-là ſe mit à joüer de la babilloire, & firent
vn bruit pareil à celuy des horloges, quand la
corde ſe rompt, toutes les roües ſe detraquent
de leur cours ordinaire. Nôtre Auenturier eſtoit
fort eſmerueillé de voir vne ſi grande confuſion
de propos, comme auſſi des termes ſauuages de
parler dont ils vſoient: mais s'il n'y trouua de
l'elegāce, au moins y reconnut-il de la nouueau_
té: L'vn contoit comme il auoit fait boire ſes a_
mis pour leur dire Adieu: l'autre la bonne chere
qu'on luy auoit fait ē tel lieu: celuy-cy dit qu'il
auoit crocheté le buffet de ſon pere pour pren_
dre de l'argent: celuy-là, qu'il n'auoit dit Adieu
à perſonne de peur d'eſtre arreſté par ſes crean_
ciers: en fin c'eſtoit vn galimatias de confeſ_
ſons generales de leurs belles actions, où l'on ne
pouuoit diſtinguer trois paroles de bonne ſuite

Auec cét agreable entretien , ils se rendirent à
Illescas, où arriuant à la porte de l'hôtellerie, &
estans encore tous sur le chariot, ils prirent querelle sur l'absence d'vn certain sac de cuir, seruât
de valise & de male a vn de la compagnie, qui ne
le trouuant pas vouloit que le charetier en fust
responsable. Les voila tous à crier apres cét hõ-
me, & des injures ils viennent aux coups, dont
le pauure cocher tomba fort blessé, deuant l'hôtellerie, où la chambriete le rencõtra, qui arrou-
sa de ses larmes le corps de son infortuné Phaë-
ton : mais il fut vengé sur le champ : le mesme
qui luy auoit donné le coup , se hastant de dé-
cendre du chariot pour se sauuer , se prit le pied
à vne corde , & cheut la teste la premiere sur le
paué, où il demeura éuanoüy, Messieurs les Officiers de la Iustice, qui tiennent du naturel des
Chirurgiens , qui ne demandent que playes &
bosses , accoururent à ce desordre en toute diligence : car ils vont quasi aussi viste des pieds que
des mains , quand ils voyent la proye tombée
dans leur filets. Ils examinent , informent &
emprisonnent : & pour plus grande asseurance
de leurs pretentions , il mettent le chariot & les
mules en sequestre: & tout cela plutost pour leur
profit particulier, que pour maintenir la police,
ou seruir à l'vtilité publique.

Don Diego qui s'estoit mis à part , comme
n'estant pas de la querelle, ne laissa pas d'estre
aprehendé comme estant de la compagnie : & de
fait on l'alloit mettre en prison , sans la rencontre de certaine petite noblesse champestre qui le
recõnut & obligea le Preuost luy faire grace.

Son déguisement luy rendit ce mauuais office : aussi quand il est question d'aller ou l'on n'est pas connu , il faut chercher quelque recom-mandation par les habillemens , parce qu'au premier abord d'vn homme , on regarde là , pour presumer sa qualité , & quelques fois aussi son humeur. Il s'arresta sept ou huict iours à Illescas, à l'occasion des agreables liber-tez qu'il prit aupres d'vne demoiselle de passa-ge, qui alloit de Tolede à Madrid, presenter vn nouueau mets aux sensualitez des Courtisans. Elle estoit logee dans la mesme hôtellerie : & d'autant que Don Diego deuint malade de la contagion d'amour qu'elle luy auoit donnee,el-le essaya aussi de luy seruir de medecin,& de le guerir , non pas auec des potions , mais auec des saignees de bourse, d'ou elle tiroit souuent de bonne onces d'or sans scrupule , Et comme ce metail est le second sang de la vie (ou pour mieux dire le premier) es premieres euacua-tions le mirent en estat de ne vouloir plus vser des ordonnances d'vn tel medecin , & de luy donner congé ; ou plutost de le prendre soymes-me. Pour cét effet , il loua vne mulle aussi mes-chante beste que celle qu'il venoit de quiter, mais estant desia accoustumé au mauuais train de la premiere, celuy de la seconde neluy sem-bla pas si étrange.

Cette mule ayant esté mal nourrie & bien trauaillee, ne marchoit qu'à grand peine, quoy que son escuyer la pressast fort auec les molettes: elle bronchoit à chaque pas ; & ces mauuaises demarches luy presageoient qu'il n'iroit guere

loin fans tomber, comme en effet il aduint, & fe
fuft bleffé beaucoup plus qu'il ne fit fans ces fre-
quens aduertiffemens. Bien luy feruit d'auoir
efté preparé de bonne heure à la cheute, car il fe
fuft rompu le cou, ou enuiron, dans vne carriere
ou il fe precipitoit s'il ne fuft habilement ietté
de l'autre cofté. S'eftant releué il exerça la charité enuers fon prochain, il ayda à fa befte a fe
remettre fur pieds, & de là renonça à la monture.
Il la meine par la bride vne bonne lieuë durant, & iufques à vne hoftellerie, ou l'aube du
iour arriua comme luy, car eftant party d'Illef-
cas enuiron minuit, il auoit cheminé tout le refte
de la nuit pour adherer, à fes caprices inueterées:
Il déjuna à ventre deboutonné, ie veux dire il
foupa (car il renuerfoit le temps: l'heure du fouper des autres étoit celle de fon déjuner) puis il
fe mit au lit, & dormoit comme fait celuy qui
n'a aucune inquietude en l'efprit, ny indifpofitiö
au corps.

Il eftoit prés de quatre heures du foir, quäd il
fut éueillé de ce doux fommeil, par le cornet d'vn
poftillö qui menoit vn Archer, enuoyé par com-
miffion du fupréme Confeil, lequel eftoit en reputation d'auoir la venë excelléte en la cognoif-
fance des latrös, quoy neantmoins qu'en effet il
ne l'euft pas trop böne, puifqu'il ne fe connoiffoit
pas foy-mefme Celuy cy eftoit party en diligä-
ce de Madrid pour découurir la pifte de certains
maiftres expertsen l'art de s'approprierle bié d'autruy, & qui en auoiét rëdu preuue ou plutôt fait
chef d'œuure, aux depës d'vn des riches Che. de
la Cour. Il met pied en cette hôtellerie il cherche

par tout , puis il examine rigoureusement le
maiftre,& les hoftes auec vn peu moins de feuerité,On fit leuer Don Diego pour comparoir à
l'interrogation , & s'eftant trouué trauefty , il
euft payé pour toute la compagnie,fi cét Officier
ne l'euft reconnu.

Ayant fait vne exacte perquifition dans l'hoftellerie , il demeura tout melancolique de ne
point trouuer de nouuelles des coulpables , ny
mefme perfonne qui fuft capable d'accufation,
il fuffit à ces gens-là de rencontrer vn fujet qui y
foit difpofé , car ils fçauent bien donner la forme. Ne fçachant donc s'il deuoit paffer outre, ou
retourner arriere, il s'arrefte fur la porte de l'hoftellerie, s'enqueftant des allans & venans, & accompagné de Don Diego qui fe rendoit com-
plaifant à fes propos,par compenfation de la faueur qu'il luy auoit faite. Comme le iour alloit
faillir , il apperçoiuent de loin venir vn connoy
mortuaire, compofé de quatre religieux & quatre feculiers, veftus de grandes robes de frize
voire , & affublez de capuchons, comme ceux
qu'on appelle Plenteurs,qui vont par la ville de
Paris faire les femonces des enterremens. Ceux-
cy enuironnoient vn brancart porté par deux fortes mules,où eftoit vn cercueil de bois, & le tout
auffi couuert de frize noire. Les quatre religieux
qui marchoient les premiers,s'arrefterent à l'entrée du hameau, difant aux autres qu'il fe faloit vn
peu repofer, & faire là vne petite commemora-
tion des morts pour la conferuation des viuants.
L'Archer faifant vn figne de croix à leur a-
bord, leur demanda s'ils auroient point ren-

contré des gens de telles façons & tels veste-
ments, qui auoient fait vn fameux larrecin
dans Madrid. Nous n'auons veu personne, respond vn des religieux, mais voicy bien vn larrecin, qu'vne celebre larronnesse à fait, elle seule
y a mis la main. Où est-il ce larrecin ? respond
l'Archer, desià tout esmeu, & qui est cette larronnesse? Helas monsieur, repart le religieux, le larrecin est dans ce cercueil (dit-il en découurant
le brancart) & celle qui l'a fait, c'est la mort
C'est vn corps noble & precieux comme l'or, &
en mesme temps prenant l'Archer par la main,
& le tirant vn peu rudement vers le cercueil, car
il estoit fort, Venez monsieur, dit-il, venez voir
ce prodigieux larrecin, venez voir à quoy la nature humaine est subjette. L'Archer qui n'estoit
point accoustumé à conuerser auec les habitans
du pays des ombres & des horreurs, & ne pre-
prenant point plaisir à cette semonce, luy dit
assez fiérement, Laissez, laissez moy aller, mon
pere, ie ne suis pas icy pour controller les actions
de la mort, & d'ailleurs, ie n'ay pas le cœur
assez fort pour voir ouurir vn tombeau : la plus
belle creature du monde morte, est puante au
bout de ving-quatre heures, & quoy que vous
compariez ce corps à l'or, ie n'estime pas neantmoins qu'il soit incorruptible comme l'est ce
metail precieux, à qui seul la Nature a donné ce
priuilege : disant cela, il monte à cheual & tire
pays.

Don Diego se trouua donc logé auec ce conuoy funebre : Les conducteurs du corps déchar-
gerent leurs mules sous vn grand portail, ou les

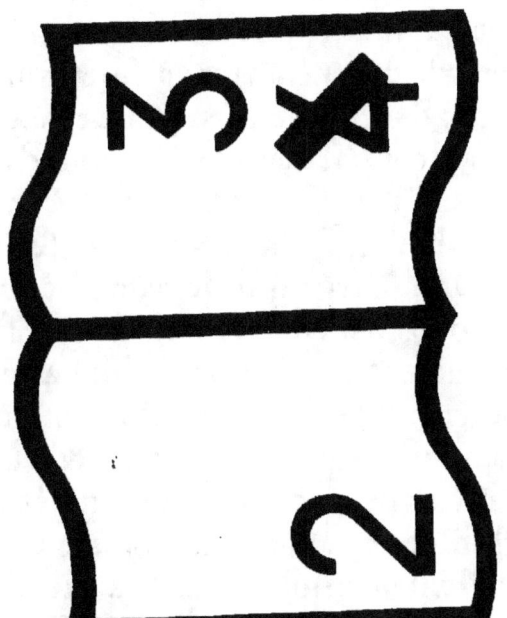

par tout , puis il examine rigoureufement le
maiftre, & les hoftes auec vn peu moins de feuerité, On fit leuer Don Diego pour comparoir à
l'interrogation , & s'eftant trouué trauefty , il
euft payé pour toute la compagnie, fi cét Officier
ne l'euft reconnu.

Ayant fait vne exacte perquifition dans l'hoftellerie , il demeura tout melancolique de ne
point trouuer de nouuelles des coulpables , ny
mefme perfonne qui fuft capable d'accufation,
il fuffit à ces gens-là de rencontrer vn fujet qui y
foit difpofé , cat ils fçauent bien donner la forme. Ne fçachant donc s'il deuoit paffer outre, ou
retourner arriere, il s'arrefte fur la porte de l'hoftellerie, s'enqueftant des allans & venans, & accompagné de Don Diego qui fe rendoit com-
plaifant à fes propos, par compenfation de la faueur qu'il luy auoit faite. Comme le iour alloit
faillir , il apperçoiuent de loin venir vn connoy
mortuaire, compofé de quatre religieux & quatre feculiers, veftus de grandes robes de frize
voire , & affublez de capuchons, comme ceux
qu'on appelle Plenteurs, qui vont par la ville de
Paris faire les femonces des enterremens. Ceux-
cy enuironnoient vn brancart porté par deux fortes mulos, où eftoit vn cercueil de bois, & le tout
auffi couuert de frize noire. Les quatre religieux
qui marchoient les premiers, s'arrefterent à l'entrée du hameau, difât aux autres qu'il fe faloit vn
peu repofer, & faire-là vne petite commemora-
tion des morts pour la conferuation des viuants.
L'Archer faifant vn figne de croix à leur a-
bord, leur demanda s'ils auroient point ren-

contré des gens de telles façons & tels veste-
ments, qui auoient fait vn fameux larrecin
dans Madrid. Nous n'auons veu personne, refpond vn des religieux, mais voicy bien vn larrecin, qu'vne celebre larronnesse à fait, elle seule
y a mis la main. Où est-il ce larrecin ? respond
l'Archer, desià tout esmeu, & qui est cette larronnesse? Helas monsieur, repart le religieux, le larrecin est dans ce cercueil (dit-il en découurant
le brancart) & celle qui l'a fait, c'est la mort
C'est vn corps noble & precieux comme l'or, &
en mesme temps prenant l'Archer par la man,
& le tirant vn peu rudement vers le cercueil, car
il estoit fort, Venez monsieur, dit-il, venez voir
ce prodigieux larrecin, venez voir à quoy la nature humaine est subjette. L'Archer qui n'estoit
point accoustumé à conuerser auec les habitans
du pays des ombres & des horreurs, & ne pre-
prenant point plaisir à cette semonce, luy dit
assez fierement, Laissez, laissez moy aller, mon
pere, ie ne suis pas icy pour controller les actions
de la mort, & d'ailleurs, ie n'ay pas le cœur
assez fort pour voir ouurir vn tombeau : la plus
belle creature du monde morte, est puante au
bout de vingt-quatre heures, & quoy que vous
compariez ce corps à l'or, ie n'estime pas neantmoins qu'il soit incorruptible comme l'est-ce
metail precieux, à qui seul la Nature a donné ce
priuilege : disant cela, il monte à cheual & tire
pays.

Don Diego se trouua donc logé auec ce conuoy funebre : Les conducteurs du corps déchar-
gerent leurs mules sous vn grand portail, où les

mene à l'efcurie, & dreffe t'on vne table auprés
du cercueil qu'ils gardoient foigneufement , &
foupperent là , ayant conuié noftre Auanturier en
leur compagnie, parce qu'ils le voyoient tout
feul de fa bande: Il s'affied auec eux fans ceremonie, peu à peu ils fe mettent en train de boire , attaquant les fantez les vns des autres;que fi
elles euffent peu receuoir de l'augmentation par
les delicieufes potions qu'il aualloient fi fouuét,
ils fe pouuoient promettre de les rendre perdura-
bles.

La dame du logis eftonnée auffi bien que Don
Diego, de voir ces conducteurs lugubres , fi peu
mortifiez pour eftre en la compagnie de la mort,
leur dit affez nayfuement, Courage meffieurs,
courage, faites bonne chere & vous réjouyffez,
car ie m'affeure qu'il y en a affez d'autres qui
pleurent pour ce pauure corps que vous condui-
fez , à qui Dieu faffe pardon. Alors celuy qui
eftoit au bout de la table , & qui diftribuoit à
fa difcretion l'huile des lampes Baccanales, prit
la parole. Ma bonne amie , vous auez dit là
vne fentence que ie n'euffe pas creu denoit fortir d'vne bouche fi deferte que la voftre. Il eft
vray qu'il y a maintenant vne extrefme afflictiõ
dans la maifon d'où eft forty ce riche corps , &
non pas pauure comme vous le nommez , & ce
qui fafche encore le plus la famille, c'eft la confideration de fa mort fubite, qui fera perpetuelle-
ment regretée, il eft mort entre mes mains, & el-
les-mefmes l'ont enfeuely : priez Dieu que
nous le puiffions fans fortune porter où il
uoit eftre depofé , & ne vous fcandalifez pas

de nous voir prendre vn peu de refection, il se
faut bien nourrir pour supporter la peine que
nous auons de l'accompagner à pied : & là dessus il boit à la santé de l'hôtessepuisluy mettant
vn grand verre de vin à la main, la conuie à luy
faire raison ; car le débordement des beuueurs
est à tel excez qu'ils font passer leur folie pour
raison. En fin parmy tant de santez, vn de la
compagnie des conducteurs mortuaires trouua
son indisposition, pour n'auoir pas eu le tym-
bre à l'épreuue des traicts de vin dant il auoit
esté battu. Il commença à begayer & à parler
d'vn langage inconnu, puis à tomber par terre,
& dans vn extase qui le rendit fort peu diffe-
rent du trépassé, puisqu'il demeura assoupy d'vn
profond sommeil, naïfue image de la mort.

Il estoit enuiron dix heures de nuict, quand
les moins estourdis de la troupe iugeans qu'il é-
toit temps de partir, parce qu'ils ne vouloient
pas coucher-là, chargerent leur brancart sur les
mules, qui auoient aussi bien repeu que leurs
maistres, payerent fort liberalement l'hôtesse
qui leur donna mille benedictions & dit autant
de *requiemus* pour le mort. Ils luy recomman-
derent le soin de cét hôme assoupy, qui viendroit
apres eux estant éueillé : Et considerant que la
robbe de deüil qu'il portoit luy estoit inutile
pour demeurer là, ils l'en dépoüillerent, témoignant desirer auoir vn autre homme de loüage,
pour occuper sa place, & rendre leur nombre
complet.

Don Diego tenté de sa diabolique curiosité ; car on peut ainsi apeller celle qui pretend

penetrer dans les chofes dont elle n'a que faire ;
& voulant fçauoir plus particulierement où alloit ce conuoy & qui eftoit le defunct, il s'offrit
aux conducteurs pour remplir la place vuide, &
de fe reueftir de fa robe de dueil. Eux qui l'a-
uoient defia connu bon compagnon durant les
difcours du fouper , l'enuifagerent de nouueau,
confiderant qu'il auoit la mine d'vn homme de
courage & de bonne efcorte , le receurent à bras
ouuerts au lieu de celuy qui eftoit rauy des fu-
reurs Bachanales, & fortirent gayement de l'hoftellerie.

A peine eftoient-ils hors du village , quand
ils fe défuoyerent du grand chemin pour aller à
trauers champ, ce qui donna occafion d'estonnement au nouueau Pleureur, ne fçachant s'ils
le faifoient par mefgarde , ou de propos deliberé , & toutesfois il n'ofa s'en informer. Ils
cheminerent ainfi pres de deux heures, & iufques à ce qu'ils arriuerent à vne montagne fort
afpre, toutes de rochers & de bois, demeure des
Ours, des Loups, & autres beftes feroces : Eftans
entrez bien auant dans la montagne, ils fitent
halte : & lors vn de la troupe de fort mauuaife
trogne , & auec vne voix rogue, fe mit à dire :
Or fus , confreres , il eft temps que nous met-
tions ce corps en pieces. Oüy ; oüy , c'eft bien
dit , refpondent les autres , cet endroit-cy eft
fort propre à faire cette diuifion. Noftre A-
uanturier ne fut iamais plus esbahy que d'oüyr
vne fi eftrange fentence, ne pouuant penetrer à
quelle fin ils vouloient ainfi traitter ce corps , il
fe retire vn peu à l'écart, & en mefme temps, il

void vne grande querelle entr'eux , arriué sur la
partition des membres du defunct. Des paroles
ils viennent aux coups, & tirerent des coutelas
& piltolet qu'ils auoient sous leurs robes, aussi
bien les venerables Religieux que les autres ,
dequoy Don Diego ne s'estoit point apper-
ceu , & s'animent de tant de fureur les vns
contre les autres qu'auec le sang qui sortoit
de leurs blesseures , & le feu de leurs espées en
chamaillant, ils y joignirent celuy de leurs pistolets , lesquels venant à tirer épouuenterent si
fort les mules qu'elles se prennent à ronfler ,
souffler , & à fuyr quant & quant. Don Diego
court apres pour les retenir , mais elles alloient
si viste qu'auant qu'il les eust attaint , elles a-
uoient enfilé vn chemin creux .& si estroit que
Don Diego ne leur put iamais gaigner le deuant, si bien qu'il fut contraint de les suiure a-
uec beaucoup de fatigue : car outre qu'il estoit
nuit, il n'y auoit quasi point de traces de chemin,
à tous coups il bronchoit & tomboit le plus souuent sur des mottes couuertes d'espines & de
petits buissons , qui luy eussent deschiré les
jambes , s'il se fust trouué sans botes : neans-
moins esperant à tout moment sortir de ces
broslailles, il fit pres d'vne lieuë, ayant tousiours
l'image de la mort deuant soy, & l'imagination
occupée de l'estrange conuersion de ces Religieux
en soldats , qui portoient des espées & des pistolets à leur ceinture , au lieu de breuiaires &
de chapelets. Il s'estonnoit de leur inhumanité
& felonnie , de vouloir mettre en pieces vn

corps, lequel estant de la qualité qu'ils disoient,
meritoit d'estre conserué en son entier.Que certe
cette façon de faire excedoit l'ordinaire vsage
des Chrestiens, qui permettoit bien d'ouurir les
corps pour les embaumer, & non pas les mettre
en quartiers comme des pourceaux.

Comme il entretenoit son esprit de ces pen-
sées, il se trouua aupres d'vne cabanne de ber-
ger, où par la diuine prouidence les mules s'ar-
resterēt elles mesmes, sans cela elles s'alloiēt jetter dans vn precipice auec le trespassé. Les pa-
steurs auertis par l'aboy de leurs chiens, sortirent
de la cabanne auec de la lumiere, & voyant cét
équipage funebre furent vn peu estrayez : alors
Don Diego affublé de son deüil vsant du stile
plus succint qu'il pût, leur dit qu'il s'estoit egaré
du grand chemin, à cause de l'obscurité, & qu'il
conduisoit vn mort : & s'informant s'il y auoit
point quelque village là aupres où il se pust reposer en attendant le iour, ces bonnes gens remplis de charité desirant contribuer quelque chose à la pieté de ce conducteur desuoyé, le menent au village, où il trouua vn venerable Curé,
homme de bonne façon, qui auoit autrefois
frequenté le grand monde, & que les rigueurs
de sa fortune ou plutost ses faueurs, auoient re-
duit à cette condition, où il passoit heureusement ses iours dans l'estude & le repos : Il logea
le viuant chez luy, & le trépassé dans l'Eglise;ce
fut vn grand bon-heur pour luy, de rencontrer
vn tel hoste qui pouuoit loger les viuants & les
morts. Il fit appeller son Sacristain & les au-

tres officiers de l'Eglife, lefquels porterent le
cercueil & le trépaffé voyageur, dans la chapelle du patron de l'Eglife & feigneur du village.
Don Diego dit Adieu aux Bergers qui l'auoient
amené, & les fatisfit de liberalité & de cour-
toifie, payement affez rare, & qui ne fe trouue
qu'en peu de perfonnes. Se voyant feul auec cét
honnefte Curé, il luy fit recit de fon rencontre
prodigieux, & puis fon hofte luy ayant fait prédre vn peu de vin & manger quelques quartiers
de coins confits, il le mena repofer dans vn lit fi
bon & propre, qu'il adjoufta quelque chofe à l'enuie que Diego auoit de dormir, fi bien que pen-
fant n'y paffer que le refte de la nuiĉt il y demeura fi long-temps, que depuis qu'il fut leué
iufques à midy; il ne puft faire plus long chemin, que celuy qui fe trouua du lit à la table:
& pat ainfi, imita la vie du bon Courtifan ce
iour là. L'inclination de ce Preftre fe trouua
fort difpofée à faire cas de Don Diego, lequel,
comme i'ay defia dit, eftoit de très-bonne con-
uerfation : ce qui l'obligea de le prier de fejour-
ner là, iuques au lendemain, en attendant que
quelqu'vn vint demander des nouuelles du trefpaffé. Don Diego trouua fa propofition bonne,
& s'y accorda. Apres difner le Curé effayant
d'entretenir noftre Auenturier, le mena pourmener aux contours du village, qui eftoit grand &
en vne très-agreable fituation, & s'affeant aupres d'vne belle fontaine, ils fe mettent à diui-
fer des nouuelles qui couroient alors, par où
Don Diego reconnut que cét homme là n'a-

noit pas esté nourry parmy les paysans. Ceste consideration ; jointe à la naturelle curiosité qu'il auoit de s'enquerir de toutes choses, l'incita de prier l'Ecclesiastique de luy conter comment il auoit estably sa demeure dans ce lieu champestre ; Luy qui estoit d'humeur complaisante, adherant aux desirs de son hoste, luy fit ce discours.

HISTOIRE.

HISTOIRE.

EVILLE fut le lieu de ma naiſſance, ſeule faueur dont la Fortune me voulut rendre ſon redeuable, pour ne me permettre de m'eſtimer totalement malheureux : mais puiſque c'eſt vne honte aux grands courages d'accuſer les Aſtres, paſſons outre. Mon pere eſtoit de condition noble, & plus renommé pour ſes vertus que pour ſes biens. Il me fit inſtruire aux lettres humaines & diuines, afin de me laiſſer vn heritage non periſſable : & mon inclination ſe trouuant fort diſpoſée à l'exercice où mon pere m'auoit adonné, ie deuançay la pluſpart de mes compagnons, & acquis bien-toſt la qualité de Docteur en Droit. Le bruit de cette capacité, que l'on croyoit en moy, ſe publia incontinent parmy tous les honneſtes gens de la ville, & me fit deſirer de pluſieurs pour m'allier à leur lignage. On me parla de quelques filles, belles & riches, amorces de la ſenſualité & de la conuoitiſe, mais ne me trouuant pas encore d'humeur & me

I

foumettre aux contraintes du mariage , il me
fut impoffible d'agréer aucune des propofitions
auantageufes que l'on me faifoit ; de forte qu'a-
pres auoir refufé tant de biens & de beautez;ca-
pables d'émouuoir les moins fenfibles aux delices & à l'auarice , & refifté tant de fois aux per-
fuafions de ceux qui tafchoient dem'engager au
mariage, on s'imagina que i'auois quelque fe-
crette auerfion contre les femmes : mais les attraits & les graces d'vne certaine dame diffipa
l'opinion que l'on auoit conceuë de ma froideur.
La beauté de fa perfonne,& les rares qualitez
de fon efprit , eftoient des armes inuincibles, &
des charmes inéuitables à tous ceux qui prenoiët
accez auprès d'elle , & de qui elle daignoit faire
cas. Entre plufieurs qui afpiroient à cét honneur
là, elle me témoigna d'agréer mes recherches,&
au bout de quelques iours,du confentement general de fes parens & des miens,l'Eglife nous fit
faire le ferment de parfaite vniõ. Ie paffay deux
ans auec elle dans vne heureufe intelligence:&
à confiderer l'ordinaire inconftance des chofes
humaines,ie puis dire que ce fut vn long-temps.
Mais il ne me faut pas arrefter deffus cette fou-
uenance, elle ne feroit que renouueller & fai-
gner les playes que la perte de cette felicité m'a
laiffées au cœur.

    C'efte chere moitié de moy-mefme eut vn fre-
re,de qui les galanteries de ieuneffe fe conuerti-
rent en des excez fi infames,qu'il s'eftoit rendu
odieux à tous les citoyens de Seuille : Il tomba
fouuétefois entre les mainsde la Iuftice,& fouf-

frit la honte de la prison, d'ou mon industrie &
plustost ma bourse, le retiroit toûjours: en es-
fet, l'argent est leplus secourable amy en toutes
occasions. Son naturel estoit si accoustumé aux
débordements de la vie, qu'au lieu de se conte-
nir par la consideration de tels affronts & châ-
timens, puisque la vertu ne l'y obligeoit pas il
s'abandonnoit encore plus excessiuement dans
les vices. Voyant donc qu'il m'estoit impossible
de vaincre ses mauuaises habitudes, quelque
diligence de douceur & de seuerité que i'y ap-
portasse, ie luy deffendis ma maison, & comma-
day à tous mes domestiques de ne luy en perme-
tre l'entrée quand il viendroit: Mais cette ordō-
nance fut bien vaine, Vn Legislateur doit mesu-
rer la force de l'obeyssance des sujets aux loix
qu'il establit, attendu que si elles ne se peuuent
obseruer, elles font mepriser leur instituteur, &
font cause quelquefois de troubler le repos du
peuple, & de l'exposer à grands inconueniens,
Il m'en aduint ainsi ; & quand ces pensées-là
passent par ma memoire, il m'est impossible de
retenir mes larmes; i'auois honte de témoigner
cette foiblesse deuant vous, si ie ne me persua-
dois que vous en trouuerez l'action pardonna-
ble, quand vous en sçaurez la cause.

Ma femme aymoit ce ieune homme, ainsi que
la nature l'y obligeoit, & comme son frere vnique, sans que ses debauches & sa mauuaise vie
peussent diminuer de son affection si bien qu'elle
luy fauorisoit l'entrée de mon logis & permettoit qu'il l'allast voir, durant mes absences. Il a-

I 2

noit des espions qui me suiuoient par tout &
qui l'aduertissoient soigneusement de mon retour, afin de sortir ou de se cacher auant que
i'arriuasse. Mais quand le malheur nous veut li-
urer la guerre, il nous surprend dans les mesmes passages par où nous pensons euiter sa rencontre, nôtre suite luy sert de moyen pour nous
attraper. On le cachoit dans ma chambre, en
vn certain coin de la ruelle du lit où nous re-
posions ma femme & moy, & parce que ceste
inuention leur auoit reüssi plusieurs fois, ils s'y
confioient librement quand ils en auoient besoin. Or vn iour, au soir, me retirant chez moy,
& entrant dans ceste chambre, ie ne sçay comment & sans y penser ce ieune homme se trouua
surpris (faute d'auoir eu de bonnes sentinelles)
& se voulant vitement cacher, il s'accroche le
pied à vn certain buffet, & tomba fort rudement sur le plancher : Moy qui oüys ceste cheute, sans voir qui c'estoit, car il n'estoit plus
iour, ie m'eslance promptemêt sur luy, & m'en
saisis comme il se releuoit pour se jetter dans sa
retraite. O déplorable diligence ! par malheur
ie mis la main sur vn poignard qu'il portoit
ordinairement à la ceinture, & croyant que ce
fust vn voleur ie luy donnay trois coups de poignard & le jettay par terre; en mesme temps sa
voix me donna à cognoistre la faute que i'auois
faite. Effrayé de ce malheur, ie le lasche
& me retire en arriere : luy qui auoit encore beaucoup de vigueur, se releue auec
l'espée à la main pour se vanger, & fra-

pant parmy l'obscurité , donna de son espée
à trauers du corps de ma femme , qui dans cét
instant accouroit à ses clameurs, puis il tomba
mort. S'il eut dessein de me tuër de ce coup la,
il fut tres-adroit là bien choisir l'endroit mortel , puisque ic viuois plus pour la vie de sa
sœur que pour la mienne propre. Là dessus tous
mes gens arriuent auec la chandelle , pour augmenter l'horreur & la douleur de voir mourir
entre mes bras vne personne qui m'estoit si chere. Comme elle eut expiré , mon regret fut si
violent, que pour reparer en quelque sorte mon
inconsideration criminelle, ie m'allay ietter aux
pieds de la Iustice, comme desesperé, m'accusant
d'auoir tué mon beau-frere , & ma femme. On
me met en prison cependant qu'on informoit du
fait; mais l'excez de mon affliction incomparable, m'aliena l'esprit , si bien que de la prison
publique où i'estois , on me transporta en celle
des insensez, où ie serois long-temps de ridicule
entretien à mes ennemis, qui me venoint de voir
pour se moquer de moy: Mais par la grace de
Dieu ie gueris de ceste infirmité , quoy qu'elle
semblast incurable. On me mit en liberté , despouillé toutefois d'vne bonne partie de mes
biens , qui auoit esté consomée, tant pour l'ob-
tention des lettres de remissió que pour les fraiz
de Iustice qui monterent à vne grande somme.

En ce temps là vn de mes oncles âgé de soixante dix ans qui tenoit ceste Cure, tomba malade d'vne fiévre lente , desirant m'introduire
en sa place , voyant que i'auois assez de disposi-

tions à cét exercice me fit releuer par sa Sainteté
de l'irregularité où i'estois tombé : En suite de
cela, ie me presentay aux Ordres & me rendis
capable de tenir ce beneficequ'il me resigna. Voila comme ie suis venu habiter ce champestre sé-
jour) delectable à mõ humeur) essayant de m'ac-
quitter de cette charge le plus soigneusement
qu'il m'est possible. Les heures qui me restent
libres, ie les employe à la lecture de bons liures,
pour me rendre plus capable d'instruire les ames
qui sont sous ma tutelle & en ma saune garde.
Ainsi ie passe mes iours, en attendant qu'il plaise
à Dieu de m'apeller pour luy rendre conte de
mes œuures.

Le Soleil ne rayonnoit plus que sur les hautes
cimes des montagnes quand ce discours fut a-
cheué, ce qui obligea le relateur & l'auditeur à
quitter la fontaine & reprendre le chemin du
village, durant lequel Don Diego admiroit l'e-
strange fortune de ce venecrable Curé, & loüoit
la resolution qu'il auoit prise de passer le reste de
sa vie dans cette solitaire demeure : & deuisans
ensemble des felicitez de la vie rustique, ils arriuerent à l'Eglise du Curé qu'ils virent ouuer-
te:Et parce que c'estoit chose extraordinaire à
telles heures, le Curé entre dedans, & trouua
plusieurs gens habillez de deüil, qui venoient
d'y apporter le corps du Patron de l'Eglise &
Seigneur du village, decedé depuis peu, lesquels
étoient en grande contestation auec le Vicaire &
le Sacristain, pour auoir trouué vn cercueil & vn
corps estranger dans la chapelle, reseruée seule

mêt pour les trépaffez de fa lignée. Le Curé modera prudemment le courroux de ces perfonnes
là, & D. Diego furuenant là deffus, fafché de ce
que fon trépaffé ne pouuoit trouuer de repos, &
qu'ils le vouloient ofter de là, pria ces meffieurs
de luy donner vn delay de huictaine, durant laquelle il s'offriroit de prouuer que fon mort appartenoit à celuy qu'ils venoient d'apporter, à
faute dequoy il le feroit mettre ailleurs: fa reque-
fte luy fut accordée à cette condition. Ie ne fçay
fi c'eftoit vn enthoufiafme de prophetie ou de
folie qui le faifoit parler ainfi, car on dit que les
fous prophetifent quelquefois: le fuccez en fera
mieux iuger. Il eft vray qu'il dit au Curé, auoir
vfé de ce ftratageme, fur la creance qu'il auoit
que ces conducteurs s'en alloient des le lendemain, & qu'apres leur départ, il aduiferoiét enfemble du lieu de la fepulture de ce corps errât,
qui luy eftoit demeuré fur les bras, & enuers lequel il vouloit exercer cette derniere action de
picté Chreftienne.

Tous les villageois eftoiét émeus de la mort fubite de leur Seigneur, qu'on difoit eftre auenuë
pour s'eftre faify de regret à caufe d'vn larracin
qu'ô luy auoit fait, de la valeur de vingtcinqmil
efcus: tât en argêt monnoyé qu'é pierrie. Et parce
que c'eftoit vn vol dôt il faloit queplufieurs per-
fônes fe fuffét meflez, ceux qui eftoiét habiles à
fucceder à l'hoire du deffunt, furét auffi habiles à
faire chercher des nouuelles de ce fignalé vol
pour leur propre vtilité, fi bien qu'ayât enuoyé
gens, preuofts, & archers de toutes parts, il y en
eut qui trouuerent à l'entrée d'vn bois,

vn homme qu'ils prirent par soupçon, tant à
cause de sa mauuaise mine, que parce qu'il respondit ambigument à leur demande. Alors,
sans aller plus outre, ils les foüillent, & trouuent sur luy de forts indices d'accusation: Il a-
uoit dans ses poches des crochets, fausses clefs,
tenailles, & vibrequins. Ces gens qui l'auoient
pris le menerent prisonnier au prochain village, qui se rencontra estre celuy où estoit Don
Diego, & aussi tost, par ordonnance du Iuge, il
fut apliqué à la question: où il babilla plus qu'õ
ne vouloit, & découurit d'estranges secrets.

Il confessa qu'il s'estoit trouué luy huictiesme
à l'entreprise & execution d'vn vol prodigieux
fait à Madrid, d'vn cabinet plein de ioyaux &
d'or monnoyé, montant à vne grande valeur.
Que pour le transporter de Madrid auec moins
de peril, ils s'estoient aduisez de se deguiser les
vns en religieux, & les autres auec des robes de
dëuil comme on habille ces gens qui assistent
aux enterremens, puis de mettre leur butin dãs
vne biere sur vn brancart, portée par deux mules, le tout couuert de frize noire : & feindre
que c'estoit vn trespassé qu'ils transportoient &
accompagnoient au lieu destiné pour sa sepul-
ture. Que ceste inuention leur auoit heureusement succedé, parce qu'ils s'estoient sauuez en
petit pas, & à la veuë mesme de ceux qui pouuoient estre interessez dans la perte. Que luy
deposant, s'estant à cause de sa lassitude endor-
my à Chétafe, où ses compagnons & luy auoiẽt
repū, ils l'auoient laissé là, & despouillé de sa

robe de dëuil, mais qu'estant eueillé & sçachât
bien où ils deuoient aller, il auoit couru apres
pour auoir sa part du butin. Qu'auparauant
son arriuée ses compagnons auoient pris querelle ensemble sur le partage du larrecin, & s'estoient batus si furieusement à coups de coutelas & de pistolets, qu'ils portoient sous leurs
robes, qu'il en auoit trouué deux morts sur la
place, les autres blessez mortellemēt, qui auoit
vn bras aualé, qui vn jarret coupé, l'vn la teste
fenduë, l'autre la moitié du visage emporté: enfin, ils s'estoient tellement massacrez, que chaqu'vn d'eux auoit laissé quelque piece de sa
chair, & beaucoup de sang sur le chāp de batail-
le, & outre cela, qu'il les auoit laissez à demy
enragez s'entre donnant mille maledictions, de
ce que pendant qu'ils estoient acharnez & at-
tachez à se battre, vn incōnu, pris à la place de
luy de sposāt, auoit emmené les mules & le larrecin, sās sçauoir ce qu'il estoit deuenu, & qu'il
alloit cherchāt des vestiges & traces de mules.
Par cette ample declaration, le Iuge réconnut
que c'estoit le larcin qui auoit esté fait au Seigneur du village, & dont il estoit mort de desplaisir, en mesme instāt, il court trouuer le Curé, & luy cōte toutes ces merueilleuses nouuelles en la presēce de Don Diego dequoy son hoste & luy demeurerent si confus & si estonnez,
que durant quelques moments, ils ne purent
mouuoir que les yeux & les mains, tant ils
estoient rauis de ceste estrange auenture, Puis
estans reuenus de ce transport, ils s'en vont en-
sembleà l'Eglise & dans la chappelleoù estoiēt

les deux cercueils, l'vn du Seigneur, & l'autre
de son trefor, que par permiffion diuine il auoit
fuiuy eftant mort, auffi bien que viuant, parce
que fő cœur y eftoit enfermé. On en fit auffi-toft
ouuerture, en prefence de plufieurs tefmoins, où
l'on admira la difpofition ingenieufe, dont ces
larrons auoient arrangé leur prife qui, confiftoit
en trois chofes precieufes, fçauoir, argent, or, &
pierreries.

Alors Don Diego vid clairement l'explication
de l'enigme du faux religieux, difant à l'Archer
qui les auoit trouuez à Chétafé, que c'eftoit vn
corps precieux, noble comme l'or & l'argent, depuis la tefte iufqu'aux pieds, &c. Se pouuant
vanter d'auoir efté vne fois en fa vie doüé de l'efprit de prophetie, ayant dit-cy deuant que fon
trefpaffé eftoit proche parent du deffunt Patron
dé l'Eglife, ce qu'il prouua fort autentiquemét,
pouuant encore adioufter, que c'eftoit le mieux
aymé de tous, puis qu'il eftoit mort pour l'a-
mour de luy. On enuoya diligemment vers le
Gentil-homme heritier du deffunt, qui vint auec
le meffager, & s'empara de ces richeffes. Et
voulant vfer de mifericorde enuers le larron
prifonnier, qui eftoit caufe du recouurement de
ce grand bien, il commanda au geolier de faire
en forte que ce mal-faicteur fe puft fauuer comme par mefgarde; ce qui fut executé comme il
l'auoit ordonné.

Il ne reftoit plus à ce Gentil-homme qu'à fatif-
faire au defir paffionné qu'il auoit de connoiftre
noftre Auenturier, pour luy faire vn prefent, ou
au moins le remercier de ce que par fon moyé &

la bonne fortune qui l'accompagnoit, ce larcin
estoit arriué en vn si heureux port ; mais Don
Diego qui auoit le cœur noble & genereux, ne
voulant pas aussi estre recognu, esuita occasions de la rencontre de ce Caualier. Il paya liberalement tous les frais qui auoient esté faits
& donna les deux mules au Curé, qui n'osa re-
fuser le present venant de son Seigneur quoy
que ce ne fut pas à luy. Cela fait , il reprend
gayement le chemin de Madrid , emmenant
quant & soy le corps precieux, pour l'inhummer
dans vn autre sepulchre.

Don Diego se contenta d'auoir fait dessein d'aller à Tolede sans passer outre, & à la priere de
ce galand homme de Curé , il séjourna pres
d'vne semaine auec luy, passant le temps à deuiser du souuerain bien de l'homme , & de la
tranquillité de ceux qui sont détachez des pas-
sions mondaines , & qui sçauent gouster les
vrayes douceurs de la vie, & le iour que nostre
Auanturier luy dit Adieu , il luy falut accepter
la moitié du present de l'heritier du tresor : le
Curé luy donna vne des mules, comme estant
cause de cette liberalité: Don Diego qui auoit
le cœur haut, eut peine à la prendre, mais il le
fit à la fin , par complaisance seulement, & non
par conuoitise. Ils s'embrasserent & se quitterent auec beaucoup de tesmoignages d'affection, Don Diego luy promettant de luy escrire
souuent , & de luy mander les nouuelles de la
Cour, comme chose tres-agreable, & de grand
diuertissement à ceux qui ont cognu le monde,
& qui entendent de qui l'on parle ; Cette

esperance modera les desplaisirs que le Curé auoit de cette separation, & le desir de reuoir Madrid, fit esprouuer à nostre Auenturier si la mule auoit de bonnes jambes.

AVANTVRE NEVFIESME

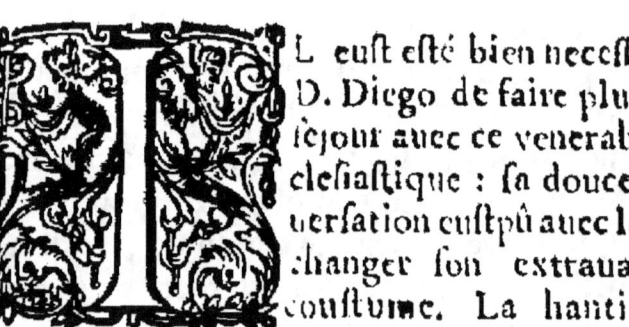 L eust esté bien necessaire à D. Diego de faire plus long sejour auec ce venerable Ecclesiastique : sa douce conuersation eust pû auec le temps changer son extrauagante coustume. La hantise des gens de bien nous excite souuent à les imiter, mais son esprit libertin ne pouuoit demeurer dás la modestie, ny se plaire dans les honnestes compagnies, quoy qu'il y reüssist assez bien quand il s'y trouuoit; car outre qu'il auoit vn peu d'estudes, sa memoire excellente, & la facilité qu'il auoit de parler, & en bons termes, rendoient son entretien fort agreable: Neantmoins, son naturel auoit tant d'auersion à la ciuile societé qu'il fuyoit tous ceux qui en faisoient profession, & n'aimoit que la frequentation des ieunes esuentez comme luy, ou pour mieux dire des Lutins folastres, qui passoient leur temps à battre le paué & rauder les nuits par les ruës, pour

tourmenter ceux qui ne dmandoient que le repos. Dés qu'il fut arriué à Madrid, il le fit sçauoir à tous sescamarades, & les pria de se trouuer à vn certain rendez-vous, ou ils auoient
constume de s'assembler pour renouueller connoissance & se r'enuisager à trauers le verre.
Huit de ceste troupe folastre, & chercheurs de
bonnes fortunes à tastons, se rendirent au lieu
destiné, ou ils soupexentensemble a la Romai-
ne chaqu'vn pour son escot, afin de viure en
toute liberté, qu'il n'y eust personne de foulé, &
de n'estre point obligez à faire aucun compli-
ment à la sortie.

Ayant donc, pour solenniser son heureux retour, fait les sacrifices deus à Baccus & à Mo-
mus, les deux deytez à qui ils'auoient vne particuliere deuotion, ils sortirent en troupe auec
des guitarres à dessein d'aller donner des sere-
nades à leurs maistresses, & des réueils à tel, qui
eust bien plus volontiers donné ses yeux à Mor-
phée, que les oreilles à Orphée : Comme entr'autres vn certain Apotiquaire qui fut leur
jouet, & les défraya à rire ceste nuit là, à faute
d'vn autre personnage, contre le repos duquel
ils auoientconspiré: mais ayant apris, qu'ilestoit
pour lors absent de Madrid, l'orage de leur insolence tomba sur ce malheureux Pharmacien,
parce que sans y penser ils se trouuerent aupres de sa boutique, & que Don Diego se souuient qu'il luy en deuoitd'vne. Il auoitesté assez
proche voisin de nostre Auenturier, lors qu'il
tomba malade, apres le deceds de Don Iean-
dre, & que Sirene se fut rendnë religieuse : &

parce qu'il se seruoit d'vn autre Apotiquaire celuy-cy parénuie contre son compagnon, ou par vengeáce côtre D. Diego, ne faisoit presque autre chose que carillonner sur son mortier, & employoit plus de temps à faire ses chamades & brimbalemens qu'à battre ses poudres; mesmes le son aigu & esclatant du mortier faisoit soupçonner qu'il n'y auoit rien dedans ou fort peu, de chose, tellement que le malade, cruellement importuné de ce tintamarre, l'enuoya prier plusieurs fois de moderer vn peu son bruit, mais l'autre respondit qu'il estoit maistre en sa maison en payant; qu'il luy faloit trauailler pour gaigner sa vie que quand il n'auroit point à disner le seigneur Don Diego ne luy en donneroit pas, & vne infinité d'autres paroles aussi audacieuses que sottes; si bien qu'il falut que Don Diego employast tout son credit, ses amis & de l'argent au bout, pour le faire déloger de là, comme il fit parce qu'il n'estoit que locataire, & toutesfois il n'eut ce contentement là que sur la fin de sa maladie, & apres en auoir souffert beaucoup de tourment. De façon que n'estimât pas estre assez vangé de son outrecuidance, il luy prit fantasie, estant porté sur le lieu, de luy faire quelque niche.

Nôtre gaillard Auenturier, ayant alors l'esprit esmeu des enthousiasmes Bachiques, d'où viennent la pluspart des merueilleuses conceptions que l'on attribuë aux inspirations d'Apollon, pria ses compagnons de faire halte: puis s'auançant de dix ou douze pas, va heurter rudement à la boutique de cét Apotiquaire qui

s'alloit coucher, auec lequel il forma ce petit
discours.

L'APOTIQVAIRE.

Qui est-là ? qui est-ce qui heurte *in portam,
meam*, auec tant d'acceleration & si tard : ou ce
sont des insipiens, ou des officiers iudicatifs, car
car d'autres gens ne l'oseroient faire à l'heure
qu'il est, houay.

DOM DIEGO.

Monsieur, de grace dites-moy ou demeure
par icy vn certain Apotiquaire & demy Docteur, qu'on appelle Maistre Robert.

APOTIQVAIRE.

Maistre Robert ? Il est bien Docteur *omnino*,
& Monsieur pour vous: C'est ceans, c'est ceans.
& luy qui parle à vous *in propria persona*, dites
sans prolixté, ce que vous me voulez, car i'ay
plus d'enuie d'aller au dortoit qu'au locutoi-
re.

DOM DIEGO.

Monsieur, ie vous demande pardon de tout
mon cœur. Est-il possible que ce soit vous ? Hé
Monsieur ! ie vous prie ne vous mocquez point
de moy, ie suis plus pressé que vous ne pensez,
& il m'importe grandement de parler à

luy-mesme. Helas le pauure Caualier, il mourra
à ce coup-cy si l'on ne luy donne promptement
secours. Hé ouurez Monsieur pour l'amour de
Dieu.

APOTIQVAIRE.

Nescio vos, ie n'oyure point ma porte à des heures induës, dites seulement ce que vous voulez:
parlez auec plus de clarification, car ie n'entends
que la moitié de vos locutions, encore ie ne n'en
sçaurois comprendre la signifiance.

DOM DIEGO.

Hé mon Dieu ! & quoy il mourra donc sans
estre aydé ? à ce que ie vey vous n'auez donc
pas préparé ceste medecine, dont le Medecin à
dit chez nous qu'il auoit escrit & laissé l'ordonnance céans.

APOTIQVAIRE.

A la bonne heure, & *Deo gratias*, ie commence
à vous entendre. Est-ce pas pour ce Caualier
Napolitain afsligé de ceste douleur d'estomac.

DOM DIEGO.

Et ouy de par Dieu.

APOTIQVAIRE.

Et quoy est-il pressé : *seruus, meus* m'auoit dit
que

que le Medecin ne l'auoit ordonnée que pour
Ieudy, qui sera *perendino die.*

DOM DIEGO.

Pour le Ieudy, helas Monsieur que dites-vous?
vostre seruiteur s'est trompé, & faudra que le
pauure Caualier en paye la faute, aux despens
de sa santé & de sa vie.

APOTIQVAIRE.

Mon amy ne vous attediez point, *& non fume-
ris*, ie m'en vay m'habiller auec properation &
diligence, asseurez-vous que deuant qu'il
soit vn quart d'heure la composition sera faite,
& assez à temps pour alleger le malade, si Dieu
plaist.

DOM DIEGO.

Dépeschez vous donc au nom de Dieu, mais
non pas auec tant de précipitation que vous
preniez vn *qui pro quo.* Vous sçauez que le Caualier est homme pour bien reconnoistre vos pri-
nes. Adieu Monsieur, ie m'en vay dire que vous
venez apres moy.

APOTIQVAIRE.

Allez, allez, il n'y a personne qui doute de ma
suffisance que vous, mais i'excuse vostre ignorance.

D. Diego faifant femblant de s'en retourner bien vifte, & battant rudement le paué, s'écarte cinq ou fix pas, puis il reuient tout court, fe r'aproche tout bellement de la boutique & entend cét excellent Pharmacien appellant fon valet & luy parlant ainfi : Holà, ho garçon, où eft cette potion laxatifue, que i'auois faite pour ce malade qui mourut auant hier comme ie la luy portois, elle fera bonne pour celuy-cy, c'eft quafi le mefme mal, il ne la faut que verfer dans le petit mortier, & y faire vne infufion d'vn peu de *peú chud goi ber* & d'vne dragme he *burlupron lubus*, & *fi a mifto*, vifte, vifte, depefchons. A ces mots là il falut que D. Diego quitaft la place, de peur de gafter fon miftere, car il ne fe pouuoit plus tenir de rire. Il s'en va reioindre fes compagnons, qui auoient ouy fon Dialogue auec admiration du caprice qui luy auoit pris fi foudainement, & fans leur en dire mot, d'aller attaquer cét Apotiquaire, & luy donner cefte baye, s'efmerueillans auffi de la grande viuacité de fon efprit qui auoit formé la fourbe, auec les mefmes propos que cét homme luy auoit tenus. Don Diego leur fit le recit du commandement que ce malheureux Droguifte auoit fait à fon valet, pour la compofition de la medecine, & des termes qu'il auoit tenus, dont ils firent mille fignes de croix, & luy donnerent quant & quant autant de maledictions.

Pour voir la fin de la piece, ils fe deliberent de guetter au coin de la ruë quand il fortiroit, afin de le fuiure, & fçauoir qui feroit l'infortuné perfonnage, qui prendroit la medecine & boiuoit la faute donc ils estoient tous complices.

A peine y auoit il demy quart d'heure qu'il attendoient, lors que ce bourreau sortit de son logis, auec la phiole où estoit le venin, & le gobelet pour l'aualer ; & recommandant à son valet de bien prendre garde à la maison. Ils vont apres file à file, & ayant fait vn assez long chemin, ils le virent entrer chez le Cavalier Napolitain qu'il auoit dit, apres auoir beaucoup heurté, car on ne l'attendoient pas. Ce Gentilhomme estoit vn corps infirme, aagé de plus de soixante ans, & abandonné aux volontez des medecins & apotiquaires, mais quoy qu'il fust mal sein, il estoit encore plus malade d'opinion que d'effet, ce qui trauailloit beaucoup ceux qui le traitoient. Il auoit vne humeur melancholique qui le dominoit si puissamment, qu'elle le menoit iusques à la superstition, estant tout prest à rechercher soulagement dans les charmes & sortileges. Mais ses amis desirant l'empescher de commettre vne si grande faute, l'auoient porté à faire encore vne nouuelle consultation de deux experts medecins auec le sien, d'où il resulta qu'il seroit purgé dans trois iours qui expiroiët vn Ieudy. Ce malade auoit tant d'enuie de guerir qu'il adheroit à tout ce qu'on vouloit : & la foy qu'il adioustoit aux medicaments, pensant y trouuer la redemption de sa misere, luy faisoit sauourer les plus aspres & desgoustans breuuages, comme n'c'eust esté de l'hypocras ou de l'ambrosie.

Et d'autant qu'il estoit tres exact à l'execution

des ordonnances de son medecin, & à prendre
ses medicamens aux heures precises qu'il ordon-
noit, il auoit vn valet de chambre, au soin & à la
fidelité duquel il se confioit : & qui n'auoit que
cette charge de prendre les ordonnances du medecin & les porter à l'Apotiquaire sans que les
autres domestiques osassent s'é mesler. Celuy-cy,
voyant que la dernicre consultation des medecins donnoi vn peu de relasche à son maistre, &
qu'il ne deuoit rien prendre de trois iours, prit
son temps pour aller visiter vne certaine fille
qu'il aimoit: & par malheur il écheut que l'Apotiquaire porta son excellente medecine, iustement apres que cet infirmier fut sorty du logis:
De sorte que les autres seruiteurs crurent, comme fit aussi le malade, que le medecin auoit iugé
à propos de luy donner quelque medicament
par auance pour le mieux disposer à la purgation
generale, & que ce valet de chàbre en auoit esté
aduertir l'Apoticaire: tellement que le debon-
naire Napolitain, sans autre information, prend
gayement le gobelet , & aualle ce dangereux
breuuage.

Cependant nôtre Auenturier & ses suposts
estoient dans la rue , leurs esprits occupez de diuerses imaginations, les vns rioient de l'action,
& les autres la blasmoient, preuoyant les inconueniens qui en pourroient arriuer :tant y a que
les moins fous de leur bande sceurét si bien per-
suader les autres, qu'ils les obligerent de se retirer, & se contenter pour ce coup là, remettant
au iour suiuant à s'enquerir du succez de cette
diabolique purgation, qui vengeoit Don Diego

sur la vie d'vn innocent. Comme ils sortoient de
la ruë ils s'aperceurent que leur compagnie n'e-
stoit pas complette, & que de huit qu'ils estoiēt
en aprochant la boutique du Pharmacin, il n'en
restoit plus que sept , ce qui les mettoit fort en
peine? mais vn d'entr'eux qui sçauoit les secrets
de l'absent, leur dit qu'il estoit allé en lieu où il
n'auoit que faire d'escorte, & qu'il ne s'en mis-
sent pas en peine.

Mais pour satisfaire plus amplement le Lecteur, il faut sçauoir que Maistre Robert, ce fameux Apotiquaire, auoit vnefille, dont la beauté
pouuoit aller du pair auec les plus celebres de la
ville. La connoissance de ces fauents celestes luy
remplissoient l'esprit de tant de presomption &
de vaine gloire, qu'elle s'estimoit beaucoup plus
quesa qualité ne luy permettoit, car bien qu'elle
fust de basse extraction, elle ne laissoit pas d'a-
uoir le courage releué , & d'aspirer à quelque
haute fortune : Elle meprisoit les recherches de
ceux qui n'excedoient point sa condition encore
qu'ils se trouuassent bien riches, elle ne se plai-
soit qu'à estre galātisee par les Gentils-hommes,
reseruant toutesfois vn si puissant empire sur ses
affections, que sans mentir pas vn de ceux qui la
courtisoient ne se pouuoit vanter d'auoir aucune prise sur son esprit ny sur son corps , Elle se
maintint long-temps en cette humeur : mais en
fin, Riodan , ce camarade de Don Diego quis'e-
stoit perdu de la compagnie , charmé des merites de cette fille , fut si adroit ou pour mieux dire si heureux, que par l'entremise de la seruante
demaistre Robert laquelle il obligea par le moyē

des prefens qu'il luy faifoit à toute heure, il prit
accez auprès de Dorotée, ainfi s'appelloit cette
belle fille. Il eft vray, qu'à parler mondainement,
il auoit des qualitez dignes de faire excufer les
amoureufes erreurs , qu'vne fille pouuoit commettre à fon fuiet.

Celuy-cy donc ayant efté des conuiez en l'af-
femblée faite pour honorer le retour de noftre
Auanturier, fut auffi par bien-feance obligé d'aller à la pourmenade auec eux apres fouper, comme il fit, en intention toutesfois de quitter ce fa-
de paffe-temps, & fe défaire de cette compagnie,
pour en aller trouuer vne qui luy eftoit beaucoup plus delicieufe: C'eftoit celle de Dorothée,
que cette feruante qu'il payoit fi liberalement,
luy auoit fait efperer de iouyr cette nuit là : de
façon que les voyant aller vers le quartier où il
auoit affaire, il les fuiuit volontiers : mais il fut
rauy de contentement lorsque Don Diego prit
cette boutade contre le pere de fa maiftreffe,
auffi eftoit-il celuy de la bande qui louoit le plus
l'action & la gaillardife de noftre Auanturier: en
effet, il fembloit que ce caprice luy euft efté inf-
piré tout exprés pour fauorifer fa bonne fortune, & que la medecine, qu'il demandoit auec tát
d'iftance, ne fuft que pour moderer fon amoureu-
fe inquietude.

Voyant donc fortir l'Apotiquaire, il laiffa aller
fes compagnons apres & demeura en fentinelle,
attendant le fignal que la feruante luy deuoit
faire: car pour l'augmentation de fon bon-heur,
l'affignation qu'elle luy auoit donnée , écheoit
iuftement à l'heure que fon maiftre fortoit de

chez luy, comme s'il eust voulu de sa part com-
tribuer à la perfection de la felicité de Riodan :
A peine fut-il au bout de la ruë quand cette
confidente authorisée du consentement de Dorothée, parut à la porte de sa maison, & prenant
Riodan par la main le maine comme aueugle &
muët iusques dans la chambre de sa maistresse,
obseruant ce silence, de peur d'éueiller sa mere.
Riodan y trouua vne chandelle allumée, & Dorotée assise sur le pied de son lit à demy désha-
billée. Elle, faignant à son abord d'estre surprise,
& de vouloir tancer sa seruante, se leue, laissant
à dessein tomber son peignoir qu'elle auoit sur le
sein, & fit voir des merueilles de beauté à son
amant, encore qu'elle mist les mains dessus pour
faire semblant de les cacher. Riodan n'estoit pas
si peu experimenté qu'il ne connust bien son artifice, neantmoins elle fit cette action de si bonne grace, qu'il en demeura tout rauy. Il s'aproche auec toute sorte de respect, essayant de luy
faire des excuses de sa hardiesse, & de l'obliger à
luy accorder quelque faueur: mais elle faisant la
serieuse & la froide, le pria de se retirer comme
il estoit venu, disant que son honneur luy estoit
trop cher, pour le perdre si lâchement, & bien
qu'elle ne fust pas de sa condition, il n'en deuoit
neantmoins rien esperer, que par des voyes li-
cites.

Là dessus Riodan témoignant d'aprouuer sa
vertueuse resolution, luy fit les plus honnestes
complimens qui se peuuent dire, car il auoit
l'esprit tres-bon, & s'expliquoit fort-bien, & en
suite luy fait offre de luy donner telles asseu-

rances qu'il luy plairoit de la sincerité de sa passion: & que si elle se contentoit d'vne promesse
de mariage, il estoit tout prest de luy en faire
vne: Dorotée, qui auoit desia de tendres sentimens pour luy, & qui ne demandoit qu'vn honneste pretexte pour adherer à ses desirs, le prit
au mot, & luy presente du papier pour effectuer
ses paroles: sa seruante à l'instant met sur le bout
de la table vn gros encrier de plomb fort pesant,
qui sembloit estre vn pronostic de la charge
qu'il s'alloit mettre sur les épaules. En mesme
temps, sans faire le rétif, il prend la plume, & escrit de sa propre main la sentence de sa condam-
nation; & comme il fut prest à la signer, il regarde Dorotée, qui sousrioit, glorieuse & contente
de le voir si prompt à faire cette action, & tour-
nant la teste vers elle, il porte la main sur l'encrier & le fait, par malheur, tomber sur vn gros
mortier de fonte qui estoit au pied de la table.

Ce fut vn coup de poignard dans le sein de
Dorotée, & vn bruit tel que le battail d'vne
grosse cloche, qui éueilla sa mere, & la fit leuer
en son séant pour voir d'où il prouenoit, &
voyant de la clarté dans la chambre de sa fille,
elle l'appelle, & sort quant & quant de son lict,
toutesfois auec assez de peine, parce qu'elle
estoit incommodée de vieillesse. Dorotée, qui
craignoit qu'elle ne vist Riodan, le poussoit
hors de sa chambre iustement comme sa mere y
entroit, dequoy cette bonne femme fut si ef-
frayée, qu'elle se laissa tomber en criant, Iustice,
iustice. Sa fille cependant, troublée de cét accident, & apprehensiue du retour de son pere

qu'elle craignoit plus que la mort, se resolut soudain de quitter la maison, & se confiant en la foy & discretion de Riodan, s'abandonner à sa sauue garde, & hazarder sa fortune à sa conduite.

La seruante, mediatrice de leurs affections s'enfuit auec eux, laissant sa maistresse par terre qui se rompoit l'estomac, à force de crier au secours, ne pouuant faire d'autre diligence. A la fin, elle éueilla tous ses voisins: & entr'autres vn certain compere de son mary qui vint le premier, figure d'Adam & de Mars tout nud, l'espée en vne main & la rondache en l'autre. Il cherche & furete par tous les coins, trous & caueaux de la maison, mais la peine qu'il prenoit ne seruoit qu'à espouuenter les chats, & à rompre les toilles d'araignées.

Le pere de Dorothée ayant laissé sa composition diabolique dans le corps du Caualier Napolitain, arriue chez soy, & trouue tout en desolation, sa femme à demy morte, & ses amis autour d'elle taschans à la consoler. On luy conte le sujet des étranges alarmes, dōt il ressentit vne si violente douleur, qu'il demeura quelque téps comme immobile & insensible. Or laissons leur reprendre leurs esprits entre les bras de leurs parens & voisins, & sçachons vn peu l'effet de cette purgation extrauagante, composée par la malice ingenieuse de D. Diego, & prise auec tant de simplicité & d'innocence par le pauure Gentil homme Napolitain.

Il aduint que comme cette medecine estoit vieille faite, composée de mauuaises drogues & donnée sans que le corps eust esté auparauant

preparé, par les apofemes ou iuleps, outre qu'elle ttouua l'eftomac du malade tout remply du
fouper precedent le pauure Caualier fut autant
tourmenté, que s'il euft aualé des chiens en vie
pour luy arracher & déchiret les entrailles. Il
crioit fans cette mifericorde, difant par fois:
Ohime quefto cane traditore m'ha morto? Il paffe
tout le refte de la nuit dans ces cruelles douleurs
& fur les huit heures du matin, voicy arriuer
fon valet de chambre, qui faifoit la charge d'infirmier. Il trouue fon maiftre dans des gemiffemens eftroyables, & tous les domeftiques com-
patiffants auecque luy; & s'informant d'oùpro-
cedoit tout cela, on luy reproche qu'il en
eftoit caufe, ayant enuoyé l'Apotiquaire, qui
auoit mis leur maiftre en cét eftat. Il répöd auec
fermens & proteftations, qu'il ne fçauoit que
c'eftoit, & qu'il faloit que ce malheur fuft aduenu par la malice ou dangereufe ignorance de
l'Apotiquaire, veuqu'il blâmoit perpetuellemét
les Medecins, les accufans de ne pas ordonner
les remedes propres à la guerifon du malade, &
qu'il pourroit bien auoir compofé cette medecine de fon feul caprice, & fans aduis de Medecin; s'imaginant de faire quelque miracle, & ef-
perant d'en eftre largement recompenfé. On iugea que cette penfée eftoit fondée fur beaucoup
de vray femblable, & comme ils en difcouroiët,
le Medecin entre, car il vifitoit fouuent ce cha
lan, parce qu'il le payoit au double des autres
on luy demande s'il auoit fait vne nouuelle or
demance pour le malade, il répond que non,
luy tafte le pouls, & eftant informé du fa

en demeure grandement scandalisé. Aussi-tost
il donne au Caualier dequoy se descharger du
venin qu'il auoit dans le corps , & peu à peu le
deliure de ses tourmens.   Cela fait , il va auec
l'infirmier , faire le raport de la temerité de cet
Apotiquaire , deuant les Docteurs en la faculté
de Medecine, lesquels en firet plaintes aux Ma-
gistrats, representant combien le public y estoit
interessé , & en consequence de leur remon-
strance , il fut decreté prise de corps contre l'infortuné Pharmacien. Retournons à cet heure
voir en quel estat il est.

    Apres auoir souffert les plus violens efforts
de son desplaisir, il se r'anime le courage, & re-
sout de trauailler genereusement à la reparation
de son honneur, & de tirer vengeance de l'affront qu'en luy auoit fait. A force de rumier
sur l'affaire , il se met dans l'esprit qu'Agrimont
estoit l'auteur de ceste iniure : ainsi s'appelloit
le valet de chambre infirmier du Napolitain : &
que pour en venir mieux à bout, il luy auoit enuoyé dire qu'il despeschast & portast ceste medecine, pour le faire sortir de chez luy , laquelle
autrement ne deuoit pas estre donnée ce iour là;
Il se r'amenteuoit aussi que souuentesfois il l'a-
uoit entretenu des louanges de sa fille , luy de-
clarant qu'il auoit vne grande inclination à luy
offrir son seruice: d'ailleurs,qu'il ne s'estoit pas
trouué aupres de son maistre lors qu'il luy auoit
fait prendre sa medecine, contre le deuoir de sa
charge & le soin ordinaire dont il auoit accoustumé de s'en acquiter , si bien qu'en assemblant
toutes ces circonstances , il conclud que

c'estoit Agrimont qui auoit enleué sa fille.

Auec cette impression il s'en va chez vn Officier du criminel, auquel il conte l'affaire & les presomptions qu'il auoit contre Agrimont : & comme il ne faut qu'vne petite apparence à telles gens, pour former vn grand crime, & rendre coupables ceux dont on n'a qu'vn leger soupçõ, Cét Officier dépeignit si bien l'histoire, auec le pinceau de sa plume sanglante, & il y mesla tant de couleurs de scandale, que l'ayant presentee aux Iuges des matieres criminelles, ils ordonnerent que l'accusé seroit aprehédé au corps, pour répondre aux cas à luy imposez. Ce maistre robert vsa de tant de diligence & de liberalité en ses poursuites, qu'en peu d'heure il executa cette ordonnance. Il met quantité d'Archers aprés l'innocent Agrimont, & le fait prendre prisonnier auec grand bruit, quoy qu'il ne sceust à quel sujet on le traitoit ainsi : Mais il en fut vangé presque en mesme têps, car le Medecin qui auoit informé contre sa partie, executa pareillement son decret : & ignorant aussi bien qu'Agrimont la cause de son emprisonnemét, il croyoit qu'on le prist pour vn autre il appelloit & protestoit de prendre le Iuge & les Sergents à parties, mais quoy qu'il sceust dire il fut mis en prison. Ses amis le visiterent, qui luy expliquerent pourquoy, & à quelle requeste il estoit emprisonné : d'où il infera, que c'estoit vne vengeance du Napolitain, pour deffendre son valet de chambre, & le faire sortir de prison : Tellement que le pauure compositeur de brouillaminis se voyant accablé de tant de desastres sur ses vieux iours, &

engagé à contester contre vne si puissante partie, perdit courage, & se laissa tomber dans vne
ardente fiévre, qui luy pensa troubler l'esprit en
luy consommart le corps.

Cependant Agrimont se voyant emprisonné
en qualité d'écheleur de maison & accusé d'a-
uoir commis vn rapt d'vne fille d'honneur, s'en
alloit peu à peu dans l'extrauagance comme sa
partie. Son maistre d'autre costé rengregoit ses
maux par l'extréme déplaisir de voir son valet en
peine, & duquel il ne se pouuoit passer : il pour-
suiuoit viuement, & à force d'argent, sa deli-
urăce & le chastiment, de son Apotiquaire. Bref
ils furent quatre iours entiers en des confusions
& des peines si estranges, que la folie & la mort
furent toutes prestes à iouër leurs personnages
auec eux. Mais en fin tous ces intriques se dé-
meslerent, par vn de ceux qui auoit aydé à les
tramer.

Le Päris, rauisseur de Dorotée, estoit auec elle
à Tolede, où il auoit conuerty en vn genereux
effet les foibles paroles de cette promesse, qui
estoit demeurée à signer, il auoit donné la main
& le baiser à Dorotee, en qualité de mary : Et
estant aduerty par vn sien confident de tout ce
qui se passoit à Madrit, & du mal que tant de
personnes enduroient à son occasion, il escriuit
au sire Robert, luy faisant l'honneur de l'apeller
son beau-pere, & luy manda l'heureux succez de
son rauissement, & l'estime qu'il faisoit de sa fille, de qui la sagesse & la beauté l'obligeoient à
l'aymer plus que soy-mesme, & à la respecter
comme vne Princesse : & pour conclusion, qu'i

eſperoit dans peu de iours de la luy mener bien
contente afin de luy demander pardon, & quant
& quant l'agreement de ce qu'elle auoit fait.

L'Apotiquaire receut vne ſi grande conſolatió
de cette lecture, que comme il auoit penſé perdre la vie de triſteſſe, voyant ſa fille perduë, il
cuida mourir auſſi de ioye, la voyant ſi glorieuſement retrouuée. Il fait à l'inſtant vne declaration, par laquelle il deſchargoit Agrimont, ſe
deſiſtoit des pourſuites, cómencées contre luy,
& ſe ſouſmettoit, payer & rembourſer tous les
fraiz, meſme à luy faire telle reperation d'honneur qu'il deſireroit. Enſuite de cét acte, Agrimont ſortit de priſon, mais Robert s'y trouua
encore atreſté, pour rendre raiſon, comme vn
dangereux cuiſinier, de la mauuaiſe ſauſſe qu'il
auoit faite au Caualier Napolitain. Neantmoins, ſa ſimplicité fut reconnuë à force de per-
quiſitions : Et auſſi parce que trop de gens furét
teſmoins de l'action de Don Diego, on ſceut incontinent qu'il eſtoit l'inuenteur de cette fourbe. Riodan ſuruint là deſſus, & comme vn des
complices de cette deſbauche, employa tout ſon
credit, meſme débourça beaucoup d'argent, tant
pour deliurer ſon beau pere, que pour faire ceſ-
ſer les pourſuites que la Iuſtice vouloit faire
d'office contre Don Diego.

Il dégagea aſſez aiſément l'Apotiquaire en
mettant vn peu de ſaffran du Perou dans la main
du Medecin qui agiſſoit contre luy : Mais il eut
beaucoup de peine à garantir noſtre Auenturier
de l'embaras où la Iuſtice le vouloit mettre : car
apres auoir eſté accuſé de tant de folies & d'ex-

trauagances, où plusieurs auoient esté intheres-
sez, on ne vouloit plus l'excuser. Si bien que toute la faueur qu'on luy pût faire alors, (en consideration de ceux qui s'employoient pour luy, &
plus encore de l'estime des doublons qui furent
donnez aux Officiers) ce fut de luy enjoindre
expressement de se retirer chez soy dés les sept
heures du soir en hyuer, & à huit en esté ; auec
deffences d'en sortir qu'il ne fust iour, à peine
d'encourir la rigueur des ordonnances faites
contre les coureurs de nuit, batteurs de paué, &
perturbateurs du repos public.

Ainsi nostre Aduenturier fut contraint d'essayer
à deuenir sage, & d'obeyr à ce decret pour euiter vne plus grande infamie. Et parce que c'est
vne Ordonnance nouuellement faite, il l'obser-
ue encore aujourd'huy fort exactement : mais
i'ay peur que ce respect ne luy dure guere, & que
se laissant emporter à son naturel, & à ses vieilles habitudes, il ne nous donne bien-tost matiere, pour faire vn autre volume de sa vie & de ses
miracles.

F I N.